MAXIME GASTEUIL

AVEC BENJAMIN DEMAY
ET ÉDOUARD PLUVIEUX

Le guide du PROVINCIAL À PARIS

ILLUSTRÉ PAR VÉRONIQUE FIGUIÈRE

Michel LAFON

SOMMAIRE

LIBOURNE
ANGOULEME
MARSEILLE
DIJON
PARIS
ST-EMILION
LE BRUSC

AVANT TOUTE CHOSE...

Ce guide est votre guide.

Il vous appartient, mes chers compatriotes venus de toutes les belles régions de France et qui avez décidé de vous rendre à Paris !

J'y ai mis tout mon cœur et mes expériences passées dans cette ville fabuleuse, mais qu'il faut parfois apprivoiser pour s'y sentir bien ! Dans ce livre, je vais vous donner tous mes conseils. Mais le plus important, si vous ne devez en retenir qu'un, c'est celui-ci : si vous venez à Paris pour y habiter, continuez de vivre comme un « provincial » !

Aujourd'hui, je suis heureux de dire que je suis fou de Paris. On raconte souvent que c'est une ville de dingues, mais vous verrez que c'est surtout la plus belle ville du monde ! Je suis encore émerveillé, le matin, quand je traverse les ponts de Paris et que j'aperçois le Sacré-Cœur, la tour Eiffel, la cathédrale Notre-Dame...

Je n'ai pas la prétention de tout connaître de Paris, mais ce dont je suis sûr, c'est que tous les provinciaux que j'ai croisés ici – c'est-à-dire 70 % de la population parisienne – ont vécu les mêmes choses que moi au moment de leur arrivée. Alors voilà, j'ai souhaité vous proposer un guide marrant et très personnel pour vous aider à prendre cette capitale par les cornes, et à détenir tous les atouts pour passer un meilleur week-end, un meilleur stage, de meilleures vacances ou... le reste de votre vie !

Ah oui, les Parisiens qui feuillettent ce guide, sachez que je ne vous ai pas oubliés : vous en apprendrez beaucoup sur vous et sur votre ville et vous y puiserez même, je l'espère, des conseils pour vous adapter à la province et aux provinciaux. Qui sait, peut-être qu'un jour, on fera un tome 2 : *Le Guide du Parisien en province* ?

Tout simplement, j'aurais voulu que l'on me remette ce guide le 2 septembre 2011, le jour de mon arrivée en gare de Paris-Montparnasse... D'ailleurs, commençons par le commencement.

L'ARRIVÉE EN GARE À PARIS

LE PREMIER RAPPORT QUE VOUS AUREZ AVEC CETTE VILLE...

MON SOUVENIR

Avant même mon arrivée en gare, je me rends compte que les voyageurs sont déjà debout, agglutinés dans le sas, dans les starting-blocks : prêts à gagner la course de la sortie du train pour courir et être les premiers dans le métro, le taxi ou le bus.

Paris, c'est un marathon tout le temps, chaque jour, partout.

Vous verrez ! Dès que le train stationne en gare, les voyageurs parisiens se transforment en zombies en manque de chair fraîche : ils appuient à maintes reprises sur le bouton d'ouverture des portes !

MON CONSEIL ? Si vous vous retrouvez dans ce genre de situation, une fois la porte du train ouverte, gardez le rythme, ne mollissez pas, laissez-vous emporter par la vague et adaptez-vous rapidement, sinon vous n'êtes pas à l'abri de prendre une valise cabine dans la tronche.

Je me souviendrai toute ma vie de mon arrivée dans le hall de la gare. À Paris, ce ne sont pas des gares, vous allez voir, ce sont des centres commerciaux de province ! Il ne manque qu'un Picard et un cordonnier/serrurier, et on y est !

Dans les gares parisiennes, vous trouverez des commerces, des presses, des banques, mais aussi des magasins de cravates (si si, un magasin qui ne vend que des cravates en plein milieu de la gare Montparnasse, des fois que t'aies oublié ta cravate pour aller à Angoulême), mais aussi des bars à jus et des vélos. Et des pianos en libre-service.

Oui, vous allez me dire, des vélos, c'est normal, sauf que là, les vélos, ils sont en bois, vissés au sol et ils n'ont pas de roues ! C'est pour charger son portable ! J'ai jamais compris : qui a envie de se mettre en sueur, ambiance Tour de France, montée du col d'Aspin, pour charger son portable ? OOOOH, les Parisiens : utilisez des prises !

HISTOIRE VRAIE

Je vais voir un des cyclistes, et je lui demande : « Qu'est-ce que vous faites ? »

Il me répond : « J'attends mon train pour Nantes, du coup j'en profite pour recharger mon portable.

— Ça marche bien ?

— Bof... Une heure que je pédale et j'en suis à 6 % ! »

Je lui dis : « Mon pote, la prochaine fois, arrache le vélo et va à Nantes avec, ça ira plus vite ! »

Les pianos à disposition des voyageurs, alors je le dis : NON ! Ça, c'est NON.

Déjà que ce n'est pas l'ambiance la plus dingue, une gare, alors avec en fond la bande originale d'*Amélie Poulain* ou d'*Intouchables* mais mal interprétée... C'est bon, jouez chez vous et profitez de VOTRE piano.

Et puis, pourquoi QUE des pianos ? Si vous allez par là, mettez aussi des harpes et des cors de chasse tant qu'on y est ! « Tiens, j'ai une demi-heure d'avance, je vais aller jouer du trombone à coulisse. » Non.

Je finis par sortir de la gare et là, plusieurs options s'offrent à moi : métro, bus, taxi, VTC (attention, pour réserver un VTC, il faut l'application et, le temps de créer un profil, votre week-end est déjà terminé) ou encore mes pieds !

Personnellement, je m'en souviens comme si c'était hier. J'avais choisi de marcher... Ah oui, il convient de préciser – et je m'en souviens également comme si c'était hier –, j'avais pas un rond.

Et c'est comme ça que j'ai découvert Paris, pour la première fois... en 2011. En marchant une heure dans les rues. Et depuis tout ce temps, je ne me suis pas enfui ! Mieux : je m'y sens bien. Et au cours de toutes ces années, j'ai eu le temps de prendre plein de notes pour ce guide... Votre guide, donc.

Bonne visite !

LES TRANSPORTS

OU COMMENT SE DÉPLACER À PARIS SANS PERDRE DES POINTS DE VIE

À Paris, tout va vite... sauf les voitures !
Heureusement, pour se déplacer dans cette jungle urbaine, il y a plein d'autres solutions.

TAXI VS VTC

LE BATTLE

LES TAXIS & VTC

Que les choses soient bien claires : appeler un taxi en levant la main, il n'y a que dans les films américains que tu vois ça, et je ne te parle même pas du sifflement à l'aide du pouce et de l'index formant un anneau dans la bouche.

T'as plus de chance de trouver un taxi en levant la main au bord de l'A10 à l'aire de Cocumont qu'en plein Paris !

DANS UN TAXI

1. Il faut aimer écouter Rire et Chansons, Chante France ou RMC. Pensez à prendre du cash, parce qu'une fois sur deux la machine à CB ne fonctionne pas. Ou en tout cas, le chauffeur n'a pas envie de s'en servir.

2. Lorsque vous donnez l'adresse de destination, soyez ferme et sûr de vous : si vous tremblez ou prononcez mal le nom de la rue, il va se rendre compte que vous n'êtes pas de Paris et le trajet pourrait se transformer en visite guidée ! Ne soyez pas surpris de passer quatre fois devant la tour Eiffel. Si ça vous arrive, je n'ai qu'un conseil à vous donner : **prenez une grande inspiration et profitez.** Après tout, ça va vous coûter un bras, alors autant vous faire plaisir !

À NOTER Même si son véhicule affiche une lumière verte (libre), il vous dira peut-être qu'il ne l'est pas ! Ne vous offusquez pas, et continuez vos recherches.

DANS UN VTC

La conduite est approximative et, autant le savoir, la connaissance des rues de Paris est faible, voire inexistante : le chauffeur se contentera de suivre le GPS ou WAZE.

MON CONSEIL ? Si vous ne voulez pas finir « rue de la Paix » à Jouy-en-Josas ou à Gif-sur-Yvette, vérifiez bien l'adresse qu'il rentre dans son application... Vous comprenez l'idée ?

Si vous arrivez à attraper un taxi, préférez-le à un chauffeur VTC. Les taxis parisiens ont le droit de rouler sur les voies de bus, et croyez-moi ça peut faire la différence : vous pourriez gagner jusqu'à 7 jours de trajet !

LE CHAUFFEUR QUE VOUS IMAGINEZ...

… LE CHAUFFEUR QUE VOUS AUREZ

LE VÉLO

Dans Paris, le vélo est le moyen de transport le plus efficace et le plus rapide, grâce à ses nombreuses pistes cyclables, où il est très pratique de circuler. Bon, les automobilistes vous détesteront, un peu comme à la campagne quand on croise un peloton de cyclistes le dimanche qui roulent au milieu de la route. Restez bien sur la piste cyclable et ne vous étonnez pas d'y croiser des camions de livraison, des scooters, des piétons... Bon, en fait, les pistes sont *presque* cyclables.

LE VÉLIB'

Si vous n'êtes pas l'heureux propriétaire d'un vélo, pas de panique, Paris pense à tout et met à votre disposition des Vélib'. Bon, faut quand même savoir que leur poids n'est pas tout à fait le même que celui des bicyclettes ou vélos que vous connaissez...

Le Parisien étant soigneux et respectueux de son environnement, régulièrement, vous trouverez des Vélib' laissés dans cet état par l'utilisateur précédent. Ça fait toujours plaisir :

Alors non, ceci n'est pas un McDonald's, mais bien le sigle du métro.

LE MÉTRO

Le métro, j'adore y aller malgré les clichés sur les odeurs ou les pickpockets. Soyez confiant, le métro, tout le monde le prend et tout le monde râle. En même temps, y a pas écrit « Disneyland » quand on rentre dedans.

Mes CONSEILS

1 Apprenez bien vos changements avant de vous engouffrer dans la bouche (on appelle ça une « bouche » parce que dedans, ça pue comme dans la bouche de votre prof d'histoire de 5ᵉ B qui vous parlait très très près du visage... vous vous rappelez ?).

2 Une fois dans les couloirs, ne vous retournez pas, marchez sur la même file que les autres voyageurs et adoptez un rythme de braqueur de banque : si par malheur vous ralentissez ou que vous vous retournez, ne soyez pas choqué de voir arriver sur vous un troupeau de gnous lancés à pleine vitesse (voir la scène de fuite du *Roi Lion*). On appelle ça « des gens pressés parce que, EUX, ils bossent » – alors que vous, évidemment, vous passez vos journées à vous tirer sur la nouille.

3 Comme pour les gares, les sorties de métro sont plutôt mal indiquées et souvent nombreuses. Gardez bien les yeux ouverts et n'hésitez pas à demander votre chemin, sinon vous risquez – pour ceux qui auraient un sens de l'orientation défaillant – de finir votre vie à l'intérieur du métro, coincé, à 78 ans, le regard hagard, les cheveux longs et la peau sur les os.

Bon plan SPECTACLE pour petits et grands

Pour 1,90 €, vous aurez accès à l'attraction la plus fréquentée de Paris : le grand show de la rame de métro ! La RATP vous propose sur la ligne 1, aussi appelée « la cour des Miracles », deux spectacles entre 14 heures et 19 heures.

1 Pipo et Mario qui sautent de barre en barre, le tout sur une musique de Shakira remixée par Kamaro. Attention, prenez trois mètres de recul ! Vous n'êtes pas à l'abri de vous prendre un mocassin en simili cuir taille 47 dans la tronche en fin de salto.

2 Il se présente comme le cousin d'Aznavour, il arrive sur scène, enfin dans votre wagon, accompagné d'un diable sur lequel repose une enceinte 2x20 watts, d'un micro (le fil raccordé avec du chatterton à l'enceinte), et là, c'est parti : couplet, refrain, refrain, refrain, refrain et enfin : perte de connaissance de la moitié des voyageurs.

MON CONSEIL ? Ne prenez jamais la ligne 13 (surchargée aux heures de pointe, entre 6 heures et minuit), aussi appelée **« le purgatoire »**. Celle-ci relie Paris aux ENFERS.

LES ARNAQUES du métro

Dans les couloirs de certaines stations, vous pourrez tomber sur un stand de fruits et légumes. Ne cédez pas à la tentation, même si vous crevez de faim après trois heures de marche dans les rues de Paris ! D'abord parce qu'une banane bleue, ça n'a jamais été signe de bonne santé. Ensuite, parce que aucun nutritionniste, AUCUN, JAMAIS, n'a prononcé la phrase suivante : « Mon conseil ? Les fruits du métro. » Jamais.

Au sol, des stands sauvages vous proposeront des DVD, comme *Titanic 3* ou *Le Grand Bleu 2*. Impossible, Enzo Molinari est encore au fond de l'eau à faire la bise aux dauphins à l'heure où l'on publie ce guide.

Si tu t'ennuies pendant les longs trajets en métro,
j'ai la solution !

AMUSE-TOI À RELIER LES NUMÉROS ENTRE EUX
ET DÉCOUVRE UN JOLI DESSIN

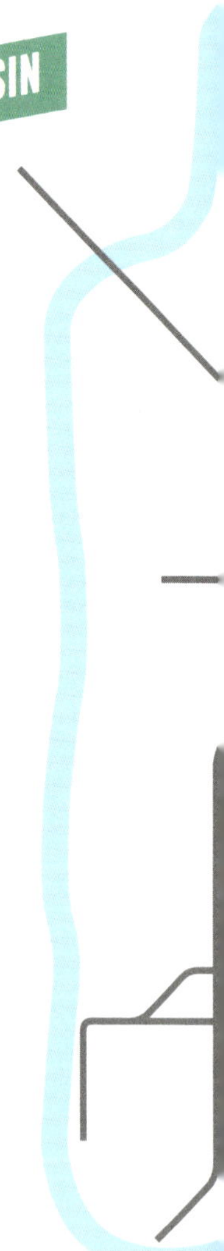

LES TRANSPORTS

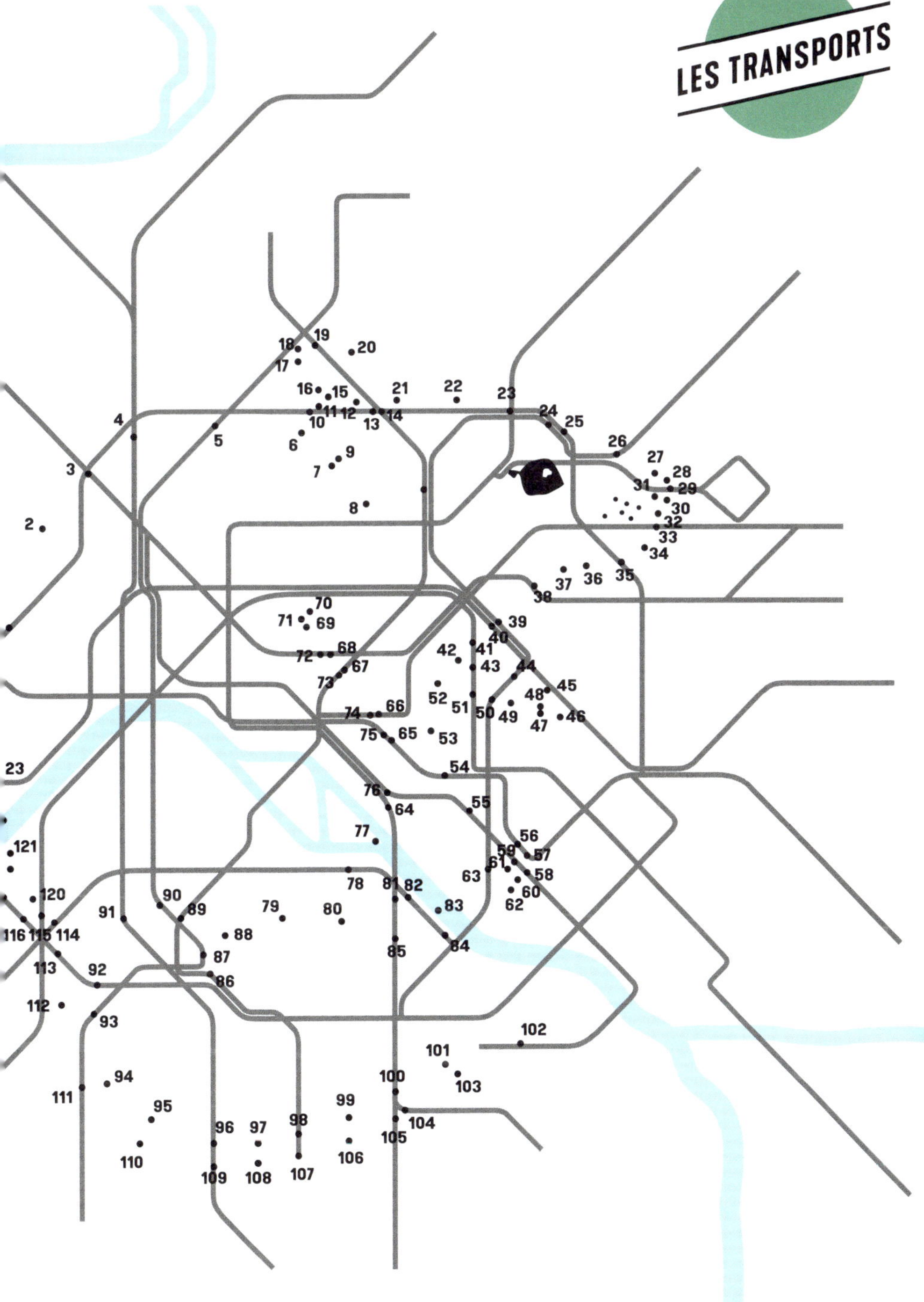

LE SCOOTER

Personnellement, j'ai investi dans un scooter. Ce n'est pas le moyen de transport le plus sécurisé, mais à Paris, quand on a des rendez-vous la journée, c'est le plus rapide.

Vous verrez, aux feux rouges à Paris, on a l'impression d'être sur la ligne de départ d'un grand prix de motos : 70 scooters côte à côte en train de faire ronronner leurs moteurs en attendant le feu vert !

POINT INFO STATIONNEMENT

Vous verrez parfois des scooters « décorés » comme ça : par exemple, celui-ci n'est pas là depuis 7 mois et 20 jours mais bien depuis 18 minutes. Les pigeons parisiens ont un transit original : normal, quand on sait que leur petit déj', c'est 2 mégots de Marlboro Light...

Et puis il y a ce deuxième type de véhicule, le « classico classique » : les clés oubliées dessus ! Alors, il y a de grandes chances que ce soit le scooter d'un Parisien qui s'est levé à 10 h 30 pour une réunion à 9 h 15, donc il a d'abord traversé tout Paris à contresens, avec son estomac qui crie famine, une haleine de vélociraptor et là, il oublie tout !

Il va bien évidemment s'en rendre compte, en discutant avec une collègue, trois heures plus tard, au moment où il dit : « Tu sais Karine... » D'un coup, l'image des clés oubliées sur son scooter le frappe et, dans une immense panique, il se transforme immédiatement en Usain Bolt, mais il a beau courir vite, évidemment son scooter n'est plus là. Mon ami, à l'heure qu'il est, ton scoot' est en pièces détachées à 9 000 kilomètres, et la plus grosse pièce fait la taille d'un briquet !

MON CONSEIL ? **Si vous êtes piéton**, faites très attention avant de traverser la route ! On regarde partout ! Parce que les livreurs à scooter, eux, ils passent au rouge, à l'orange... enfin, tout sauf au vert.

LA CIRCULATION À PARIS

Avant que vous vous déplaciez, je vais essayer de vous expliquer comment fonctionnent la circulation et les panneaux de signalisation à Paris (*vs* en province).

PASSAGE PIÉTON

PROVINCE : Prenez le temps d'observer les alentours.
PARIS : Courez vite vite viiiiiiiite. Quand ça passe au vert, c'est un départ de F1.

VÉLO EN CONTRESENS

PROVINCE : Bah, ça n'existe pas.

PARIS : Voie à emprunter par les dépressifs qui veulent en finir avec leur vie.
Si c'est votre cas, suivez cette signalétique à vélo ou en trottinette. Résultats garantis.

PLACE DE LIVRAISON

PROVINCE : Bah, c'est une place lambda.

PARIS : En 7 minutes, votre voiture est accrochée à une dépanneuse, les deux roues avant dans les airs, et 55 € d'amende sur l'essuie-glace.

VOIE DE BUS

PROVINCE : Voie réservée à un bus.

PARIS : Voie réservée à tous les transports sauf au bus, car il est coincé depuis 45 minutes place de Clichy.
Véhicules fréquents sur cette voie : trottinette / scooter débridé / ballon sauteur / kayak.

ROND-POINT

PROVINCE : Il y en a un tous les 100 mètres. Vous connaissez.

PARIS : Lieux à redouter ABSOLUMENT. Le pire ? Celui de la place de l'Étoile. Aucune règle ! C'est la jungle... Pensez au Far West ou à la Russie de Poutine. C'est pareil : seuls les plus forts survivent.

Si vous avez moins de deux ans de permis, vous risquez une rupture d'anévrisme, une rupture de voiture, d'ailleurs, une rupture d'assurance et donc une rupture avec votre femme/mari, parce que le Scénic, il était tout neuf.

LIGNES BLANCHES

Tellement pas respectées dans la capitale qu'elles ont quitté Paris pour s'installer en province...

Conseil
ANTIARNAQUE
LES TUK-TUK

Méfiez-vous des tuk-tuk : s'il y en a des bons, il y en a aussi des pas bons du tout. Mais comment reconnaître une arnaque ?

INDICE 1 Tous les trajets sont à 50 €, même celui qui fait Arc de triomphe -> place du Trocadéro (autrement dit un voyage de 1,9 km... Je ne suis pas taxi, mais ça sent mauvais cette histoire !)

INDICE 2 C'est le seul moyen de transport à Paris sur lequel vous trouverez collées les photos des destinations. En gros, imaginez un McDo ou un restaurant chinois roulant !

Après, si vous n'avez jamais essayé, c'est une expérience ! Faire le tour de la capitale dans un triporteur décoré comme un sapin de Noël, équipé d'enceintes qui grésillent de la techno des années 90, pour certains, c'est le cocktail du bonheur.

LEXIQUE

TROTTINETTE ÉLECTRIQUE

Une pile, deux roues d'aspirateur, un manche à balai en guise de guidon.

SEGWAY

Transpalette ou diable, brouette électrique.

GYROPODE

Monocyclique de funambule du cirque Pinder, sans pédales ni selle.
Ses utilisateurs ont un regard méprisant qui nous dit :
« Ha ha ha ha vous vous déplacez encore avec vos pieds ! »

HOVERBOARD

Skateboard sans roues qui lévite à quelques centimètres du sol.
Mais ça, c'est dans *Retour vers le futur* ! À Paris, la bonne définition serait :
« Le meilleur moyen de prendre un pare-chocs de Laguna lancée
à 70 km/h. »

L'HABITAT PARISIEN

COMMENT SURVIVRE DANS DES CAGES À LAPINS QUAND ON N'EST PAS UN RONGEUR

Quand je suis arrivé à paris, j'ai cherché à louer un appartement... Il faut savoir que les agences demandent généralement que le candidat gagne au minimum trois fois le montant du loyer mensuel pour figurer parmi les dossiers admissibles.
Autant vous dire qu'alors, j'étais étudiant, et que le seul endroit que je pouvais m'offrir avec mes revenus, c'était un local à poubelles ou un ascenseur !

VRAIE INFO !

Voici le minimum de documents qu'une agence va vous demander pour vous donner accès à la visite de l'appartement (ça ne veut pas dire que vous aurez l'appartement, mais juste qu'on vous autorisera à le visiter, de quoi vous plaignez-vous !??)

- Vos 3 derniers bulletins de salaire ou vos 2 derniers bilans (si vous êtes auto-entrepreneur)
- Votre carte d'identité (facile)
- Un justificatif de domicile (oui, vous cherchez un domicile, mais il faut prouver que vous en avez déjà un)
- Un contrat de travail
- Une attestation de l'employeur qui confirme que vous n'êtes pas en période d'essai ou en préavis de licenciement
- Vos deux derniers avis d'imposition

En vrai, voici ce que les propriétaires parisiens pourraient vous demander en plus :

- Un bilan de vaccination complet
- Une IRM
- Des analyses de sang et d'urine, on ne sait jamais
- Votre diplôme de baccalauréat
- Votre première étoile ESF
- Un mot des parents
- Un brevet de natation 25 m minimum
- Une recommandation du président de la République
- 75 000 € en espèces, en petites coupures dont les numéros ne se suivent pas
- Une parfaite maîtrise de l'allemand, du russe et de l'informatique (PowerPoint, Excel et logiciels de la Nasa)

Normalement, avec tout ce que contient la première liste – si vous avez le temps pour la deuxième, lâchez-vous ! –, ça devrait le faire. Si vous n'avez aucune de ces pièces, il faudra que des membres de votre famille se portent garants (vous savez, papa et maman qui paient le loyer si vous n'avez plus d'argent, parce que vous préférez sortir en boîte et vous acheter des baskets). Moi par exemple, j'ai 18 garants, je suis allé jusqu'à demander à des cousins germains pour avoir une chance de me présenter.

LA VISITE D'UN APPARTEMENT PARISIEN

BON À SAVOIR Lorsque vous arriverez sur les lieux de la visite, ne vous étonnez pas de voir la cage d'escalier remplie de monde assis et désespéré : **ce sont vos rivaux. La concurrence.**

FILE D'ATTENTE POUR LA VISITE D'UNE STUDETTE DE 14 M² AVEC TOILETTES SUR LE PALIER À 998 € PAR MOIS HORS CHARGES

Les conseils DE MAX

1 Avant toute visite, munissez-vous de boules puantes dans un magasin de farces et attrapes et jetez-les discrètement dans le hall, ça vous fera de la place assez rapidement.

2 Sinon : faites comme si vous étiez le voisin du dessus, prenez votre téléphone et entamez une conversation imaginaire en disant : « Oui, Thibault, attends deux minutes, tu me croiras jamais, tu sais l'appart' en dessous de chez moi, ouiiiii celui où vivait le tueur en série, le Dépeceur de Montrouge, ben apparemment ils le font visiter pour le louer !!! Oui l'appartement maudit, oui celui-là ! » Et vous montez dans les étages en attendant que vos concurrents s'échappent !

PLAN D'UN APPARTEMENT STANDARD, AUTREMENT APPELÉ "CAGE À LAPIN"

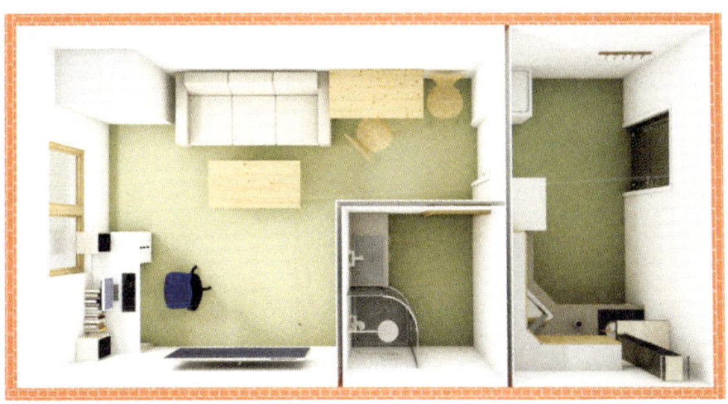

De toute évidence, il manque une pièce : celle où tu dors.
Nous, en province, on a des chambres d'amis.
Le Parisien, il n'a même pas de chambre pour lui !

VOICI LE TYPE DE LOGEMENT DANS LEQUEL VOUS POURREZ RENTRER POUR 800 € PAR MOIS

18e
19e
9e
10e
8e
2e
1er
3e
11e
20e
4e
6e
5e
12e
14e
13e

LES MEUBLES À PARIS

Pas de place pour les meubles dans les appartements parisiens (il y en a déjà pas pour les humains). Si vous vous installez à Paris, n'emportez pas avec vous le buffet en chêne massif de mamie Ginette… Sinon, vous allez dormir dessus.

Voici ce dont vous aurez **BESOIN…**

DANS LE DRESSING

1.

Un portant avec 350 cintres dessus (la barre supporte le poids d'une vache laitière et penche dangereusement du côté gauche)

2.

Une corbeille en osier

3.

Un étui à chaussures en tissu

DANS LA CUISINE

Voici une « kitchenette ».
C'est toute la cuisine, concentrée en un seul « espace ».

Nous, en province, on a ça aussi, mais ça s'appelle une « dînette » et c'est pour les enfants !

DANS LA SALLE DE BAINS

Ceci est un « bac » à douche. Ça ressemble à un pédiluve, mais non, c'est bien une douche.

Pratique et hygiénique :
À Paris, on peut se doucher tout en faisant pipi dans les toilettes en même temps qu'on se lave les dents !

Maxime DiCaprio
Édouard Pacino
Benjamin De Niro

**Au bout du lit,
la gazinière...**

INTO THE 9M²

un film écrit et réalisé par **Maxime Gasteuil**

LEXIQUE

SOUPLEX

C'est comme un duplex, mais avec un rez-de-chaussée et une pièce en sous-sol. En fait, les Parisiens creusent un trou, mettent trois marches et louent des caves !

POTAGER

C'est ce qu'un Parisien appelle un « potager ». En vrai, c'est un pot en terre cuite accroché à un rebord de fenêtre avec un basilic décédé, un cactus et 48 mégots dedans. Si vous arrosez, le seul truc qui va pousser, c'est une cartouche de Marlboro Light.

LOCAL À VÉLOS

Endroit de l'immeuble où vous vous ferez piquer votre vélo. C'est pratique pour les voleurs : au moins, il est toujours indiqué !

L'HABITAT PARISIEN EN STATISTIQUES

50 %

des Parisiens déménagent leur salon avant d'aller se coucher.

30 %

des Parisiens lavent leur linge au Lavomatique.

60 %

des Parisiens possèdent un frigo de la taille d'un minibar d'hôtel 2 étoiles au bord de l'A10.

13 %

des Parisiens « adorent » dormir sur un futon ou un tatami de judo... Bon, en vrai, c'est par obligation, parce qu'on peut le rouler, ça prend moins de place dans un 14 m^2.

20 %

des Parisiens ont une chambre.

1 %

des Parisiens dorment directement dans la baignoire ou debout dans la douche « pour plus de rapidité le matin », mais ceux-là, en plus d'être parisiens, ne sont pas des gens normaux.

7 %

des Parisiens ont des toilettes sur le palier... En fait, 7 % des Parisiens vivent au Moyen Âge.

Le bon plan

On peut trouver des trois pièces pas chers à paris... Mais bon, chacune des pièces se trouve dans un quartier différent !

L'HABITAT DE SAINT-ÉMILION EN STATISTIQUES

100 %
des Saint-Émilionnais ont une pièce entière pour leur voiture. Oui, la voiture a une pièce rien qu'à elle.

100 %
n'ont pas pris connaissance de l'intégralité des pièces de leur maison.

100 %
ont au minimum 16 fenêtres orientation plein sud.

100 %
garent leurs monoplaces directement dans la cuisine.

100 %
possèdent 2 congélateurs de la taille d'une Twingo. Dedans, t'as des glaces, des cèpes et des animaux entiers encore vivants. Et aussi des pains de glace bleus pour les pique-niques.

100 %
possèdent une buanderie : une pièce qui sert à stocker ustensiles et appareils électroménagers, des tondeuses, un taille-haie, un souffleur à feuilles, un lave-linge, un sèche-linge, une caisse à outils qui pèse le poids d'une chèvre, ainsi que 4 perceuses accrochées au mur (et quand tu les décroches, derrière, ton père a dessiné leur forme pour bien les ranger, d'ailleurs, il a fait ça pour chaque outil).

LE LAVOMATIQUE

SOUVENIR PERSONNEL

En arrivant à Paris, dans le premier appartement que je louais, il y avait à peine la place pour un frigo ! Donc ça ne servait à rien d'imaginer y faire rentrer une machine à laver. J'ai alors découvert un lieu typiquement parisien que vous allez souvent visiter si vous décidez d'habiter ici : LE LAVOMATIQUE !

Alors pour l'ambiance, on est loin des clips de R'n'B à Los Angeles – vous savez, un ghetto-blaster est posé au milieu de la pièce, qui diffuse un morceau latino très dansant, subitement un homme beau et musclé entre, serré dans son tee-shirt blanc et sa veste en jean, et invite une sublime jeune femme à peine habillée à danser un tango au milieu d'un cycle essorage (alors qu'il fait probablement partie d'un gang de motards chicanos, mais elle n'a pas peur de lui, elle sait voir l'homme doux derrière l'apparence de brigand).

Non.
Ça, c'est dans les pubs et les clips.

La réalité, c'est... bah, c'est comme dans le métro : même lumière, même ambiance, le désespoir ! Personne n'a envie d'être là, mais voyons le côté pratique : quand t'es pas équipé d'une machine, ça rend quand même service.

TOUTEFOIS, SI VOUS VOULEZ SURVIVRE À L'ENFER DU LAVOMATIQUE, VOICI...

Les conseils DE MAX

1 Achetez votre propre lessive, parce que si les Lavomatiques sont équipés de distributeurs de lessive, entre les produits, le lavage et le séchage, à raison de 50 € deux fois par semaine, vous allez dépenser l'équivalent du prix d'une machine à laver tous les deux mois, et une belle, hein ! Le Samsung technologie Eco Bubble à 780 € !

2 Apportez un bouquin pour patienter pendant le cycle de lavage, et si vous allez vous balader, soyez de retour avant la fin de celui-ci, parce qu'une fois terminé, le hublot se déverrouille automatiquement et si quelqu'un arrive entre-temps, il n'hésitera pas à retirer vos vêtements et à les jeter au sol.

3 Ah oui, très important. Vérifiez la machine que vous souhaitez utiliser : ouvrez-la et inspectez-la !! Dites-vous que vous allez mettre vos vêtements dans un tambour qui a été utilisé par 247 personnes avant vous. Méfiez-vous des tambours « velus » : une machine à laver, à l'état de nature, ne possède pas de poils pubiens.

Voilà, à vous de jouer.

ATTENTION Ne pas confondre avec le Lavomatic, ce bar à cocktails caché dans le Xe arrondissement de Paris.

CAMPING
DE
PARIS

LES LOGEMENTS TOURISTIQUES

HÔTELS, RÉSERVATIONS EN LIGNE ET CHAMBRES D'HÔTES… TOUS LES LIEUX OÙ DORMIR AU MEILLEUR PRIX ! (OUI PARCE QUE POUR DORMIR SANS PAYER, Y A QUE SOUS LES PONTS QU'ON PEUT LE FAIRE ET MÊME S'IL Y A DE TRÈS JOLIS PONTS À PARIS, ON VA ÉVITER…)

Les hôtels, à Paris, il y en a pour tous les goûts ! Des palaces 5 étoiles, évidemment, des hôtels avec des chambres à thème, des petits prix, des SPA (rien à voir avec un chenil, même si vous pourrez y croiser des chiens en peignoir)…

AVANT DE TROUVER LE BON HÉBERGEMENT POUR VOTRE SÉJOUR TOURISTIQUE, FAITES ATTENTION À CES DEUX ARNAQUES MÉCONNUES :

LE NOM DES HÔTELS

« Hôtel Cardinal Concorde » ne veut pas dire que cet hôtel se situe place de la Concorde. Pareil pour l'hôtel Balzac Champs-Élysées : vous vous retrouverez dans le XVIIIe arrondissement, plus près de la place de Clichy que de l'Arc de triomphe.

90 % des hôtels portant le nom « Opéra » ne sont pas à Opéra...

Bref, vous avez compris le principe : ne vous faites pas avoir et vérifiez l'emplacement exact de l'hôtel avant toute réservation !

LES HÔTELS-"BOUTIQUES"

C'est la nouvelle mode à Paris et dans les grandes capitales.

Selon Wikipédia (c'est sur Internet alors forcément, c'est pas des conneries), « l'hôtel-boutique met en avant un style et une personnalité uniques basés sur un concept ou un thème qui le distinguent des concurrents. Un hôtel-boutique est à l'hôtel standard ce qu'une boutique originale est à un magasin de chaîne standardisée, d'où cette appellation ».

Je traduis : ne cherchez pas, y a pas de boutique ! La chambre d'hôtel, C'EST la boutique : le prix de la chambre, c'est un fonds de commerce en soi ! Pour ceux qui n'aiment pas les hôtels immenses avec 340 chambres, 3 restaurants, 2 bars et 4 piscines, favorisez ces hôtels-boutiques, ils sont souvent très modernes, chic et minuscules. Donc assez intimistes. Vous vous y sentirez chez vous !

LES HÔTELS À THÈME

Méfiez-vous, ici, ils n'ont pas de limites quand il s'agit de trouver des thèmes pour les hôtels. Y en a pour tout le monde : les férus de photographie, de « green », d'histoire, de porno, de musique, de technologie. Par exemple, si vous rêvez depuis toujours de vous mettre dans la peau d'un véritable agent secret britannique, rendez-vous au Seven Hôtel, dans la suite « Agent Secret ». Si si, ça existe !

Tu veux dormir dans la piaule de Louis XIV à Paris ? C'est possible ! Et il te prête même son pyjama en plumes d'autruche...

OÙ EST MAXIME ?

Si tu trouves Maxime plus de 5 fois sur cette photo, rendez-vous à la page 127 pour découvrir ce que tu as gagné.

LES AUBERGES DE JEUNESSE

Si vous aimez les ambiances cosmopolites, Erasmus à la sauce *Auberge espagnole*, les auberges de jeunesse prolifèrent dans Paris et se dépoussièrent pour donner naissance à des lieux authentiques, axés sur le partage et l'échange. Elles sont devenues branchées, même très très tendance.

Maintenant, si vous aimez partager votre papier toilette, vos yaourts et le gel douche avec un Chilien qui vous a en fait demandé dans sa langue « de la moutarde », allez-y, ces endroits sont faits pour vous ! Attention quand même à ne pas assaisonner votre faux-filet avec du Petit Marseillais à la fleur d'oranger !

Apprenez les langues avant, au moins l'espagnol et l'anglais. Si vous ne parlez que le landais, cherchez plutôt un hôtel.

Mon adresse
BON PLAN

LES PIAULES

Meilleure adresse d'auberge de jeunesse à Paris. Super bien située et hyper bien décorée, il y a une ambiance de feu là-bas. Tout est dans le nom « auberge de jeunesse » : on y va pour y croiser des jeunes, plutôt fêtards, et pour un séjour où on dort peu. Si vous avez 70 ans et que vous voulez vous coucher à 22 heures maximum après avoir vu un concert de musique classique, ce n'est pas pour vous. Pour les autres, voici l'adresse :

59, boulevard de Belleville, Paris 11e
01 43 55 09 97 | www.lespiaules.com

10:45
80%
< Back
Contacts
Voici 3 indices qui te permettront de trouver la rue dans laquelle se cache la boîte à clés.
1-Il aime la vanille
2-Il mange des aubergines
3-Il roule au Sans-Plomb 98
Signé : Père Fouras.
Francky Vincent ?
Q W E R T Y U I O P
A S D F G H J K L
Z X C V B N M
123
space
return

LES CHAMBRES D'HÔTES

Alors attention, là aussi, l'idée que vous vous faites d'une chambre d'hôtes en province ne correspondra pas exactement à celle que vous trouverez à Paris.

La chambre immense avec un accueil champêtre, l'apéro de bienvenue, le petit mot personnalisé d'Isabelle la maîtresse de maison qui se fera un plaisir de « vous renseigner sur quoi que ce soit », le parking pour la voiture de location, les sachets de lavande dans les draps, le panier garni de produits locaux et j'en passe et des meilleures... oubliez, ici c'est Paris !

L'accueil, c'est une boîte à clé, le code vous sera communiqué par SMS via une société. La « chambre d'hôtes » se trouve au septième étage sans ascenseur, et un tas de draps et de serviettes est posé sur le matelas – ça, c'est si vous avez de la chance !

Ou sinon : vous arriverez devant un immeuble et tomberez sur le propriétaire d'un appartement composé de trois chambres : la sienne, celle de Thibault, son fils, et la vôtre, à côté des toilettes, où tous les matins vous croiserez ce même Thibault qui joue de la flûte à bec tout nu dans le couloir... Vous verrez, c'est sympa.

Plus sérieusement, la « chambre d'hôtes » dépanne pour les petits budgets et les courts séjours...

LES PÉNICHES

Pour les fans de fleuves, rivières et cours d'eau qui veulent allier expérience urbaine et nature, j'ai ce qu'il faut !

Alors attention : on parle de lieux insolites pour DORMIR, donc on ne sort pas les cannes à pêche et les glacières !

Si vous rêvez de dormir sur la Seine, c'est possible : rendez-vous sur le OFF Paris Seine installé sur une péniche, romantique et ultramoderne. Ce n'est pas donné, mais vous pourrez dire que vous avez dormi sur le « summum du hype parisien ». Ne me demandez pas ce que ça signifie, mais ça a l'air d'être un truc cool.

On peut aussi y aller juste pour boire un verre, et ça c'est quand même très très sympa quand il fait beau : vous serez autour de la piscine (oui, il y a une piscine et c'est un petit plus vraiment agréable aux beaux jours), avec une vue extraordinaire sur les quais de Seine des Ve et XIe arrondissements. Vous pourrez ensuite profiter du Jardin des Plantes (rendez-vous dans le chapitre « Loisirs » de ce guide) pour une balade, et si vous voulez vous y poser pour l'apéro dès votre arrivée à Paris, cette péniche est idéalement située entre deux grandes gares. Ah oui : il y a même l'hôpital de la Pitié-Salpêtrière à deux pas si madame perd les eaux.

Quelques adresses

HÔTEL OFF PARIS SEINE
86, quai d'Austerlitz, Paris 13e
01 44 06 62 66
https://offparisseine.com/fr/

HÔTEL PÉNICHE - LE NÉNUPHAR
54, quai d'Austerlitz, Paris 13e
06 12 16 80 89

GÎTE LE SEINE LOFTBOAT
110, quai de Seine
95530 La Frette-sur-Seine
01 84 24 08 68
www.seine-loftboat.business.site

LE CAMPING (OUI OUI !)

OUI, il y a un camping à Paris.

Alors amoureux des sacs de couchage, des sardines, des gourdes et des réchauds Butagaz, votre bonheur s'appelle très simplement le CAMPING DE PARIS ! Bon, c'est un 4 étoiles... Normal, il se trouve dans le très chic XVIe arrondissement, c'est d'ailleurs l'un des trois campings au monde (avec celui de Monaco et de Saint-Tropez) dans lesquels on peut croiser des caravanes Bugatti, Ferrari, Lamborghini ou Aston Martin. 😂

Il est bien équipé, avec ses emplacements pour caravanes et toiles de tente, ainsi qu'un espace dédié au camping locatif en mobil-homes, une épicerie, un food truck et bien sûr, le café-resto qui vous accueillera pour vous servir pizzas et grillades...

Et si vous aimez les courses hippiques, l'hippodrome de Longchamp est à quelques mètres. Mon conseil : misez sur Rose des Vents, Casaque jaune ou Caramel de Saturne, ce sont des cracks !

LE CAMPING DE PARIS
2, allée du Bord de l'Eau, Paris 16e
01 45 24 30 00
www.campingdeparis.fr

BON SÉJOUR, LES CAMPEURS DES VILLES !

La bonne idée de **GASTEUIL** *pour un week-end réussi à Paris*

LOUEZ UN GRAND APPART' !

Venez nombreux ! Prenez tous vos potes et louez un grand appartement dans un beau quartier pour deux nuits ! Si vous divisez le montant total par le nombre de potes ou de couples, cela vous coûtera moins cher qu'une chambre d'hôtel et vous vous prendrez pour une bande de millionnaires pendant 48 heures dans un duplex avec vue sur la tour Eiffel et sauna sur le toit ! MAIS ATTENTION, les millionnaires du week-end : faites les courses en province avant ! Parce que les Casino, Monoprix, G20 ou Franprix, dans ce genre de quartiers… c'est pas des supermarchés mais des bijouteries. Les tomates, c'est des Hermès, et elles sont en cuir !

Mes HÔTELS PRÉFÉRÉS à Paris

POUR DORMIR, BOIRE UN VERRE OU DÎNER

Je suis d'accord avec vous, la liste est restreinte, mais au prix de mon loyer, je ne veux pas louper une seule nuit dans mon appart'. Voici tout de même quelques endroits magiques où vous pourrez séjourner, le temps d'une nuit ou plus, à Paris...

1. HOY PARIS

78, rue des Martyrs, Paris 9^e
01 77 37 87 20
www.hoyparis.com

Premier hôtel parisien à proposer une énergie douce et surtout de ralentir le rythme du Parisien souvent pressé. Tout y est bon ! Une nourriture saine (100 % végane), des cours de yoga... un vrai moment de décompression vous est proposé, allez-y !

2. HÔTEL AMOUR

8, rue de Navarin, Paris 9e
01 48 78 31 80
www.hotelamourparis.fr

3. HOXTON HÔTEL

30-32, rue du Sentier, Paris 2^e
01 85 65 75 00
www.thehoxton.com/fr/france/paris/hotels

Une cour intérieure magnifique, de vrais jus mixés et un cocktail spécial à 60 €... Ça fait cher comme ça pour un cocktail, mais si vous en commandez un et qu'une chambre est dispo, l'hôtel vous offre la nuit ! Sympa...

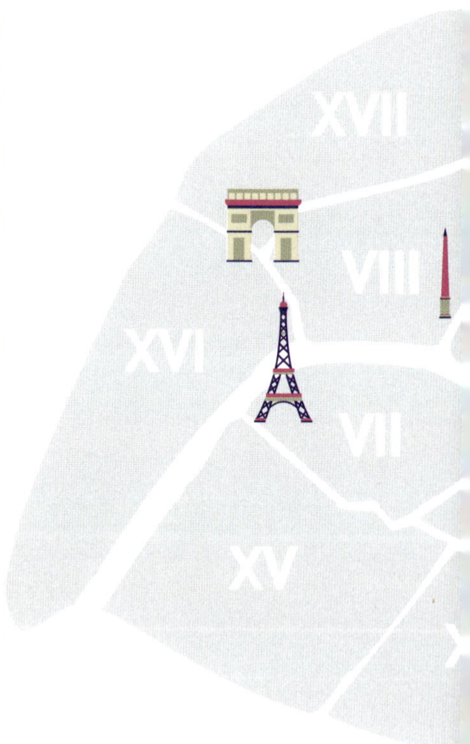

4. HÔTEL DES GRANDS BOULEVARDS

17, boulevard Poissonnière, Paris 2e
01 85 73 33 33
grandsboulevardshotel.com

5. RITZ PARIS

15, place Vendôme, Paris 1er
01 43 16 30 30
www.ritzparis.com/fr-FR

6. TERRASS" HÔTEL

12-14, rue Joseph de Maistre, Paris 18e
01 46 06 72 85
www.terrass-hotel.com

Il surplombe le XVIIIe arrondissement, collé à la butte Montmartre. Vous pourrez y dormir, évidemment, vous détendre avec un spa Nuxe, et surtout aller boire un verre sur son rooftop offrant une vue à 180 degrés sur Paris ! Musique douce et vue imprenable garanties !

7. HÔTEL NATIONAL DES ARTS ET MÉTIERS

243, rue Saint-Martin, Paris 3e
01 80 97 22 80
www.hotelnational.paris

Un bar à cocktails à tomber, une cuisine unique (je vous conseille la milanaise, j'ai mis cinq jours à m'en remettre) et là encore, un toit-terrasse perché au centre de Paris où vous vous retrouverez nez à nez avec Beaubourg !

S
SERVEUR
MAN

LES BARS & RESTAURANTS

TOUT CE QU'IL FAUT POUR BOIRE, MANGER, RIGOLER… CE QU'ON FAIT EN PROVINCE, QUOI… (MAIS SANS SE RUINER !)

À Paris, des bars et des restos, ce n'est pas ce qui manque ! Mais les arnaques, ce n'est pas ce qui manque non plus ! Heureusement, tonton Maxou est là, je ne vous cache pas qu'il a testé deux ou trois lieux pour boire un verre ou manger un bout.

LES CAFÉS

SOUVENIR PERSONNEL

AHHH, LES TERRASSES... Je me rappellerai toute ma vie la première fois où je suis allé dans une brasserie parisienne, le serveur m'a proposé d'aller m'installer en terrasse.

Non... non... NON... ce n'est pas une terrasse !! C'est la bande d'arrêt d'urgence de l'A13 ! Tu bois ton café à un mètre des bagnoles. Le premier qui rate son rapport au feu rouge, ton breuvage, tu le finis sur le capot, direction l'hôpital avec les deux jambes sectionnées.

Les bons plans DE MAX

EN ÉTÉ Les quais de Seine, du VIIe arrondissement jusqu'au quai de Javel, dans le XVe, sont remplis de guinguettes où on mange sur le pouce. Ça danse, ça chante, ça rit, c'est beau !

EN HIVER Euh... Allez dans le Sud. Pas dans le sud de Paris... Dans le sud de la France.

COMMENT RECONNAÎTRE UN SERVEUR PARISIEN ?

À certaines heures, tu peux t'asseoir en terrasse uniquement pour manger. Impossible de boire un café durant le temps du déjeuner qui dure, si l'on en croit les patrons de cafés, de 9 h 30 à 17 h 15.

Il n'a jamais de monnaie dans les poches, dès que tu sors un billet de plus de 10 €, il te fait comprendre que tu l'emmerdes et te rend ta monnaie en pièces de 50 centimes.

Addition 4 fois plus élevée que chez toi en province. Raison évoquée par le restaurateur : « Ah bah, les loyers sont chers ici, hein. »

LE SERVEUR PARISIEN EST-IL VRAIMENT DÉSAGRÉABLE ?

OUI, SOUVENT • Toujours pressé, même à 9 heures du matin, il va te demander de payer immédiatement parce qu'il va « finir son service ».

• Si tu commandes de l'eau, il va te demander : « Plate ou gazeuse ? » pour te pousser à la consommation. Répondre : « En carafe. » Ça va l'énerver. C'est une petite vengeance agréable, mais surtout, c'est gratuit !

MAIS... Il faut le comprendre. Toute la journée, il a vu des clients s'installer sans un « bonjour », un « s'il vous plaît, merci » et qui en plus claquent des doigts pour l'appeler en lui lançant : « Hé, le petit digestif, il est offert ou quoi ? Il arrive avec ses petits pieds ou c'est moi qui vais le chercher ? » On peut alors comprendre que le serveur imagine de temps en temps son plateau transformé en Frisbee atterrissant dans la tronche de ces grossiers individus.

Le conseil DE MAX

Un « bonjour », un sourire en s'installant dans le bar vous ouvrent toutes les portes ! Vous verrez que, finalement, le serveur parisien peut être aussi sympa que celui de nos campagnes.

Le jeu
DES 7 ERREURS*

Sauras-tu trouver ce qui différencie le café parisien de celui de province ?

* On est d'accord, à part le prix, il n'y en a aucune...

LA COURBE DU PRIX DU CAFÉ PAR ARRONDISSEMENT

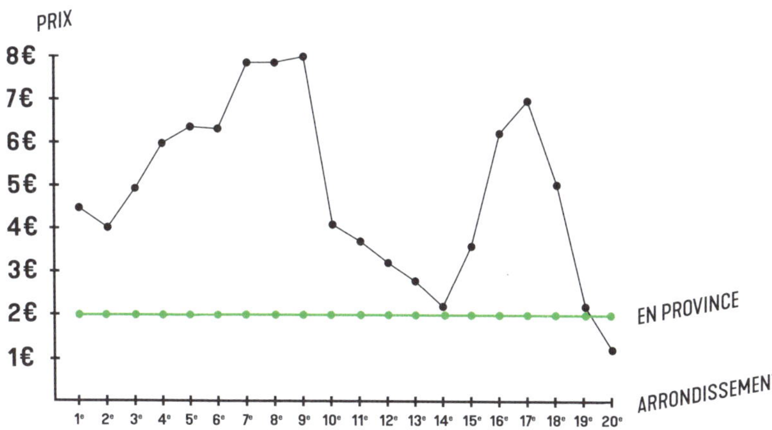

Selon le quartier de Paris où vous vous trouvez, le prix d'une tasse de café peut varier du simple au... bah... y a pas de limite, en fait !

Ne vous faites plus avoir, et choisissez bien l'endroit où vous allez le boire.

Après, si vous logez dans le VIIIe arrondissement durant votre séjour, ça fait un peu loin d'aller dans le XXe pour boire un café, je suis d'accord... mais en même temps, moi je suis là pour vous donner des conseils, et si c'est pour faire des remarques comme ça, pas la peine de me lire, hein !

LE BRUNCH

LE BRUNCH, C'EST QUOI ?

C'est la contraction des mots anglais « *breakfast* » et « *lunch* ».

Mon père, lui, il appelle ça un « RENARD » : contraction des mots français « repas » de « connards ».

Oui, parce que nous, en province, le dimanche midi rime souvent avec « côte de bœuf au barbecue ». À Paris, à midi, on « brunche ».

Pour de nombreux Parisiens, le brunch consiste à manger à la fois des viennoiseries et des salades de quinoa ou de boulgour, le tout sans gluten, sans lactose, sans sucre, sans paraben, sans sels d'aluminium... sans goût, quoi ! La formule coûte parfois jusqu'à 90 € par personne avec au menu : un thé tiède, un mini croissant et une tartine molle. Tu sors de là, t'es en hypoglycémie !

Pour d'autres, le brunch ressemble aux « buffets à volonté » de chez nous. Toute la bouffe du monde au même endroit sans aucun fil rouge : du saumon, des pâtes, des pizzas, du tartare, des œufs mayo, du pain avec de la confiture, des nems...

Évidemment, on y boit du café, du chocolat chaud, du thé et même du champagne.

En vérité, le brunch, c'est un grand fourre-tout et, à Paris, que vous soyez végétarien, végan, omnivore ou d'une tout autre famille, il y aura toujours un brunch fait pour vous.

Ma (super) adresse de BRUNCH

… où un omnivore provincial comme vous et moi sera heureux et repartira le ventre plein et le portefeuille pas trop vide !

PAPERBOY

Formule brunch à 26 € tous les jours de la semaine (pas que le dimanche comme dans beaucoup d'endroits) !

137, rue Amelot, Paris 11e

01 43 38 12 13

LES BARS À COCKTAILS

Les bars à cocktails sont partout dans Paris ! C'est la nouvelle tendance et les Parisiens en sont dingues.

La différence entre un bar à cocktails et un bar normal, c'est que vous trouverez des cocktails dans le premier, comme dans un bar normal, mais ils seront bien plus chers !

Pour être honnête, vous pourrez y consommer des créations, et les cocktails les plus connus préparés par les meilleurs spécialistes — les fameux « mixologues ». Non, un mixologue n'est pas un médecin. Allez voir dans le lexique.

EN PROVINCE

Un cocktail, c'est une sangria, et encore, dans des cubis tout prêts ! À la rigueur, avant le dîner au resto, sur la carte des boissons, à « Cocktails », y a écrit : kir (myrtille, pêche, passion, cassis, pamplemousse ou royal).

À PARIS

Le cocktail est devenu une véritable passion pour les noctambules. Le but ? découvrir le dernier breuvage du moment et être le premier à l'instagrammer : #Cocktail #Mixologie #MoscowMule #Mojito

Oubliez le bon vieux « J&B-Coca » (appelé aussi « Jus de bagarre ») et commandez le « Old Fashioned » si vous aimez le bon whisky, ou le « Passion Sour » si vous êtes fan d'exotisme.

Mes adresses de BARS À COCKTAILS

Je ne sors pas beaucoup, mais quand je sors... JE SOOOOORS.

Si vous me croisez un soir dans l'un des bars suivants, ne me jugez pas... s'il vous plaît ! En tout cas, toutes ces adresses ont été testées et approuvées...

EXPERIMENTAL COCKTAILS CLUB
37, rue Saint-Sauveur, Paris 2e
01 45 08 88 09

BISOU
15, boulevard du Temple, Paris 3e
01 40 27 82 85
www.bar-bisou.fr

BAMBOU
23, rue des Jeûneurs, Paris 2e
01 40 28 98 30
www.bambouparis.fr

COMPTOIR DES FABLES
112, rue Saint-Dominique, Paris 7e
09 88 31 75 17

PRESCRIPTION COCKTAIL CLUB
23, rue Mazarine, Paris 6e
09 50 35 72 87

BAR DES PRÉS
25, rue du Dragon, Paris 6e
01 43 25 87 67
www.lebardespres.com

LITTLE RED DOOR
26, rue charlot, Paris 3e
01 42 71 19 32

CANDELARIA
52, rue de Saintonge, Paris 3e
01 42 74 41 28

ANDY WAHLOO
69, rue des Gravilliers, Paris 3e
01 42 71 20 38

LEXIQUE

(pour tout savoir quand vous entrerez dans un bar à cocktails)

SPEAKEASY

Bars cachés ! Ils ne veulent pas qu'on les trouve et mettent l'entrée du lieu au fond d'un Lavomatique ou derrière une porte de frigo. Réellement, à Paris, le jeudi vers 23 h 30, on peut voir une foule faire la queue devant un videur à l'entrée d'une boucherie chevaline !

COCKTAILS

Salade de fruits dans un verre avec de l'alcool et une fougère pour décorer.

MIXOLOGUE

Nom donné au serveur du bar à cocktails à Paris. Chez nous, en province, derrière le comptoir du bar-tabac, on n'a que Michel, et lui il n'est pas mixologue... à la rigueur, il est alcoolique.

Le mixologue est un sosie de Christophe Maé, d'une participante des « Anges de la téléréalité », d'un acteur de « La Villa des cœurs brisés » ou d'un fan de la série *Peaky Blinders* ! Son style ? British, moustache, souliers à glands, costume trois-pièces à carreaux, montre à gousset. Calme-toi, mon gars, tu prépares juste des mojitos fraise !

LES RESTAURANTS

Paris, c'est la capitale mondiale de la bouffe !! Vous y trouverez TOUS les restaurants imaginables. Évidemment, les fameuses brasseries parisiennes avec comptoir en zinc, serveurs en livrée et tables dressées sur des nappes blanches. Ma préférée : le Wepler, place de Clichy.

Mais aussi toutes les spécialités internationales. Il y a même des restaurants tibétains, africains... Je suis sûr qu'on peut trouver un resto allemand (en même temps, c'est vraiment la seule nationalité à ne pas exporter sa cuisine. Personne n'a jamais dit : « Chérie, ce soir on se commande de l'allemand ?? »). Bref, j'adore dénicher des restaurants, alors je vous mets dans ce livre une petite liste de bons spots 100 % validés !!

Allez-y de ma part !
Enfin, pas partout, parce que j'y ai laissé quelques ardoises.
Enfin... allez-y, mais pas de ma part.
Enfin, allez-y, quoi.

Mes adresses de RESTOS PRÉFÉRÉS

1. L'AVANT-COMPTOIR DE LA MER & L'AVANT-COMPTOIR DE LA TERRE
3, carrefour de l'Odéon, Paris 6e
01 42 38 47 55

2. FREDDY'S
54, rue de Seine, Paris 6e

3. LA CANTINE DU TROQUET
79, rue du Cherche-Midi, Paris 6e
01 43 27 70 06

4. LE CAFÉ
62, rue Tiquetonne, Paris 2e
01 40 39 08 00

5. HÔTEL BACHAUMONT
18, rue Bachaumont, Paris 2e
01 81 66 47 00

6. LE 404
69, rue des Gravilliers, Paris 3e
01 42 74 57 81 / www.404-resto.com

7. LE MARCHÉ DES ENFANTS-ROUGES
Quartier idéal pour manger sur le pouce
ou se délecter en terrasse
Le Carreau du Temple, Paris 3e

8. CAFÉ DE L'HOMME
Une expérience à vivre
17, place du Trocadéro et du 11-Novembre,
Paris 16e
01 44 05 30 15

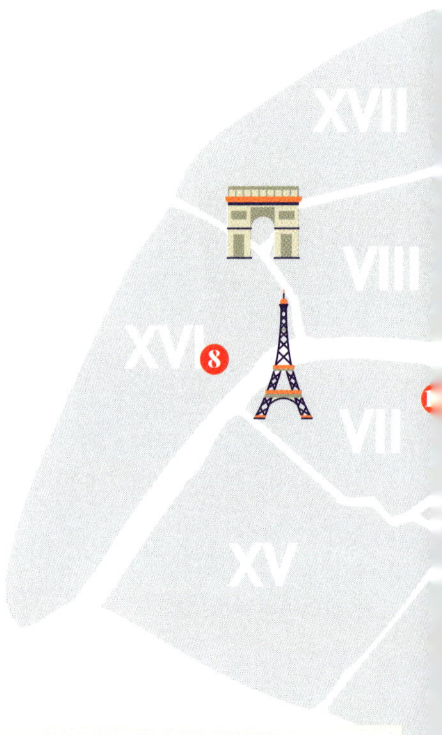

9. ROBERT ET LOUISE
La côte de bœuf sans hésiter
64, rue Vieille-du-Temple, Paris 3e
01 42 78 55 89

10. LIBERTINO
44, rue de Paradis, Paris 10e
01 42 63 92 87
www.bigmammagroup.com

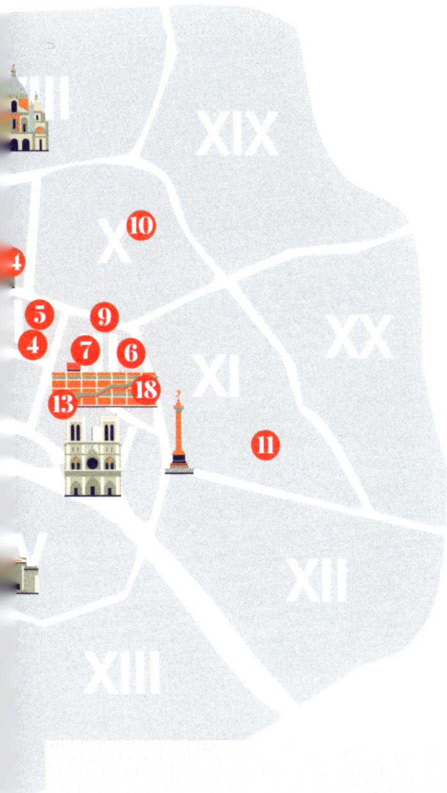

11. LA CASBAH
20, rue de la Forge-Royale, Paris 11e
01 88 33 41 78

12. L'ATELIER VIVANDA
Restaurant de viandards
20, rue du Cherche-Midi, Paris 6e
01 45 44 50 44 / www.ateliervivanda.com

13. KRAFT HOT DOG
15, rue des Archives, Paris 4e
01 42 77 09 75

14. GRILLÉ (KEBAB)
15, rue Saint-Augustin, Paris 2e
01 42 96 10 64

15. LE CHERCHE MIDI
22, rue du Cherche-Midi, Paris 6e
01 45 48 27 44 / www.lecherchemidi.fr

16. PAON CAFÉ
58, rue Saint-Dominique, Paris 7e
09 87 04 91 58

17. LE PETIT VENDÔME
8, rue des Capucines, Paris 2e
01 42 61 05 88 / www.lepetitvendome.fr

18. CHEZ ALAIN MIAM-MIAM
26, rue Charlot, Paris 3e
09 86 17 28 00

19. LE ROUQUET
Les années 70 en plein Paris
188, boulevard Saint-Germain, Paris 6e
01 45 48 06 93

20. LE GROS PLEIN DE SOUPE
Meilleur bar à soupe
de grands-mères de Paris
12, rue de Clichy, Paris 9e
www.legrospleindesoupe.fr

À découvrir

LES "POKE BOWL"

(impressionnez vos amis en sachant enfin ce que c'est !)

Vous allez entendre cette phrase à Paris : « On va se manger un poke bowl ? »

Alors, que je vous explique... Le nom vient de l'hawaïen « *poke* », qui signifie « morceau » ou « couper ».

Le *poke* est une entrée typique de la gastronomie hawaïenne. Des cubes de poisson cru, marinés dans une base sel-huile et agrémentés de condiments (sel, noix du noyer, algues, sauce soja, huile de sésame, piment, etc.).

En gros, c'est un bol de riz avec les restes, hein. En province, on appelle ça une paëlla froide.

Voici l'équipement le plus efficace pour éloigner les individus se nourrissant de poke bowls :

Ceci est un paintball, vous ne prenez aucun risque en l'utilisant, par contre, se prendre une balle de peinture peut être très douloureux ! Votre cible se trouvera le plus souvent en terrasse quartier Montorgueil... Bonne chasse !

Bon à SAVOIR

LE LOGO « FAIT MAISON »

Le symbole « fait maison » présent sur les portes de bon nombre d'établissements parisiens pourrait rassurer les provinciaux que nous sommes. En réalité, ce logo, attribué selon des critères qui laissent quelque peu à désirer, ne garantit pas du tout que le plat a été entièrement préparé dans les cuisines du restaurant.

En réalité, il équivaut à ce symbole :

Après, c'est vrai qu'une usine, on peut appeler ça une « maison », techniquement ça y ressemble un peu... y a même la cheminée et tout...

LE PIÈGE À TOURISTES

SI VOUS VOYEZ AUTANT DE DRAPEAUX sur la devanture d'un restaurant... c'est que soit les serveurs sont polyglottes, soit ils se foutent de vous.
Couscous, pizzas, sushis... au même endroit ??
Non. Rajoute flammekueche tant que tu y es !!

PRATIQUE ! Dans ce bus-là,
vous pouvez aussi manger.
Juste : n'oubliez pas votre
sandwich !

Uniquement à **PARIS**

LES RESTO'BUS

Les Resto'Bus, oui vous avez bien lu... « Resto'Bus » !

Perso, je n'ai jamais testé, alors ne me demandez pas pourquoi les Parisiens qui déjà sont bien bien énervés du matin au soir à cause des embouteillages et des transports décident de déjeuner ou de dîner dans un bus scolaire réaménagé en bistrot, qui sera immanquablement coincé dans les bouchons boulevard de la Madeleine pendant l'intégralité du repas ! Soyons clairs : la promesse de repas + visite de la ville est fausse. En réalité, ça devient : repas + visite du feu rouge devant lequel le bus va rester pendant 3 heures ! Remarquez, ça peut être pratique, vous descendez là où vous êtes monté...

Imaginons que le bus arrive à se déplacer... ADMETTONS !!! Bon : dans ce cas-là, le trajet sera animé par un chauffeur hurlant sur les automobilistes qui lui coupent la route.

Et si vous avez de la chance et que le bus roule VRAIMENT, ce même chauffeur alternera entre le point mort et la première, conduite dite « à la parisienne », aussi appelée « conduite par à-coups », ou « arrête de conduire comme ça, gros con, je vais gerber » pour les intimes. Imaginez-vous en train de déguster un velouté de topinambour ou un mille-feuille à l'arrière d'un quad ou assis à côté de Sébastien Loeb en plein rallye.

Bon voyage et excellente dégustation !

MON CONSEIL ? Si vous avez quand même envie d'essayer (y a des fous partout, on ne sait jamais), préférez le dîner au déjeuner. Ça roule mieux la nuit dans la capitale !

APRÈS LE RESTO'BUS, DÉCOUVREZ LE... DISCOBUS !

Non mais là, allons-y dans la connerie, hein, lâchons les chevaux, y a plus de limites ! Le DISCOBUS, donc. Bon ben là, tout est dans le nom : une boîte de nuit dans un bus qui roule dans Paris... Vas-y, je t'en prie, essaie de boire un gin tonic debout dans un bus qui roule à 70 km/h avec de la buée plein les vitres... Au premier coup de frein, le gin et toi, vous êtes en poirier sur le tableau de bord, la tête dans la climatisation.

Personnellement, je n'ai jamais fait la fête dans ce genre de bus, mais je dois avouer que mes quelques potes qui ont testé ont trouvé ça plutôt sympa. Donc, je dirai que pourquoi pas, éventuellement, ça peut être marrant à privatiser pour un anniversaire. C'est original et ça change un peu.

Si vous êtes claustrophobe, oubliez, allez plutôt au Macumba : y a 2 000 m^2 de piste de danse, 19 ambiances et une terrasse avec une cabane à burgers...

Uniquement à **PARIS**

LES RESTAURANTS DANS LE NOIR !

Les Parisiens essaient d'inventer de nouveaux concepts tous les jours. Par exemple, le restaurant dans le noir ! Tu manges... dans le noir complet !

En gros, ça coûte 45 €, et y a pas d'électricité.

À la base, le gars qui a monté le concept tenait un PMU ; coupure de courant un jeudi soir, les résas se sont envolées ! 6 mois complets, le bordel ! Comme quoi...

Alors j'ai testé : vous arrivez, vous êtes dirigé à votre table, complètement immergé dans le noir, un menu « découverte » vous est proposé afin d'éveiller votre palais.

MON CONSEIL Prenez vos précautions avant d'arriver. Pour aller pisser, longez les murs (éclatez-vous quatre orteils) et pissez au bruit !

Bon, après, faut savoir que les cuisines aussi sont dans le noir, donc la tomate rondelle, elle arrive en Z !

MON AUTRE CONSEIL N'y allez pas pour un premier rendez-vous ! Par exemple, mesdames, imaginez : vous pensez dîner avec George Clooney, et en fait, vous trinquez avec Shrek.

Perso, j'y suis allé avec mon meilleur pote. Au moment où le plat est arrivé, je lui ai piqué sa viande, et vraiment, entendre quelqu'un qui cherche un rognon de veau dans une assiette pendant 20 minutes, c'est à chialer de rire !

Allez-y entre amis, c'est un souvenir à vie !

Pour réserver : https://paris.danslenoir.com

PAS POSSIBLE
NO WAY
NO PASARÀN

FOCUS SUR...

LES BOÎTES DE NUIT

À PARIS, LE PLUS DUR POUR SORTIR... C'EST DE RENTRER !

Ça y est, après 8 ans à vivre ici, j'arrive enfin à rentrer en boîte !! Enfin... Pas dans toutes les boîtes et pas tout le temps. Parce que moi je viens de Saint-Émilion, j'ai pas les bons codes : chez moi, j'ai vu rentrer des équipes de rugby, en tenue de match, avec leurs crampons crados et même l'arbitre... Je peux vous dire qu'à Paris, ce n'est pas près d'arriver !

Ne désespérez pas, vous qui ne passez que quelques jours à Paris, je vais vous donner les bons conseils pour réussir à passer les portes des clubs de la capitale !

Mes conseils POUR RENTRER EN BOÎTE DE NUIT

À NE PAS FAIRE

• Arriver à 9 mecs, avec des perruques et une mini-enceinte qui diffuse du Eiffel 65. Là, vous finirez dans une boîte qu'on appelle plus communément le commissariat.

• Le fameux combo qui a fait le succès de nos boîtes de province (la chemise noire avec deux dragons rouges brodés devant et le pantacourt, espadrilles aux pieds), ne le tentez même pas.

À FAIRE

• Arriver d'un pas sûr et détendu, bien habillé (cela ne veut pas dire en costard-cravate, mais faites un effort quand même). Et messieurs, S'IL VOUS PLAÎT, venez accompagnés de filles ! Si vous êtes seul, contactez votre sœur, votre mère, une vieille tante, mais n'arrivez JAMAIS devant une discothèque parisienne sans meuf. Jamais.

À L'ENTRÉE

• Dites que vous venez de la part de Mika le DJ, y a toujours un Mika dans les boîtes à Paris. Si ça ne marche pas, essayez en disant que vous venez de la part de Maxime Gasteuil. Bon, perso j'ai essayé, ça n'a jamais marché.

• Si le videur vous propose de prendre une table en échange de votre entrée, ça veut dire que la boîte de nuit est vide. Vous vous retrouverez à quatre, assis, sans personne autour de vous, après avoir dépensé 500 € pour rien. N'y allez pas !

LE PHYSIO

Il a une dégaine de tueur à gages dans une série type *Walker, Texas Rangers*, look très agressif pour intimider.

ÉTONNANT

Vous croiserez dans la file d'attente des individus portant des chaussures de chantier, mais c'est des Gucci, vêtus d'un pantalon de varappe Balenciaga, d'un gilet de responsable rayon quincaillerie chez Brico Dépôt et d'un bob orange DDE, qui entreront en boîte très facilement… Alors que vous, vous avez sorti vos plus belles fringues. Ne les jugez pas : c'est la Fashion Week. Mais ne perdez pas votre temps, allez ailleurs, ici ils ne font entrer que des gens « LOOKÉS » qui sont dans le « GAME DE LA MODE ».

Au passage, ces deux individus sont les coauteurs du livre.

Mon conseil POUR SE MARRER en sortant pas cher

Si vous êtes nostalgique de la province, foncez au Memphis, impasse Bonne-Nouvelle, dans le Xe arrondissement. C'est la discothèque la plus provinciale de Paris, remplie de Néo-Parisiens arrivant de Lille, Lyon, Toulouse, Bastia, Dijon. La musique est un mélange de tubes actuels, l'ambiance est dingue et la décoration… je vous laisse juger par vous-même.

Diar
CHONEL
GUCCO
PRADI

FRINGUES & SHOPPING

POUR AVOIR LE STYLE D'UN PARISIEN (MAIS AVEC L'ARGENT D'UN TOURISTE DE PROVINCE) !

Pour tous ceux qui, comme moi, aiment les fringues, Paris, c'est le paradis !! Après, attention : comme pour les boîtes de nuit ou les hôtels, on en trouve à tous les prix. Ça va de la friperie de quartier aux boutiques de prêt-à-porter de luxe, dans lesquelles même une paire de chaussettes de sport – vous savez, celles de chez Carrefour avec les bandes bleue et rouge – coûte 150 €. Oui, la paire.

Les indices **POUR REPÉRER LES STYLES**

Alors, je suis plutôt d'avis de laisser les gens suivre leur instinct pour s'habiller. Je n'aime pas juger, mais une chose est sûre : que ce soit chez nous, en province, ou ici, à Paris, y a des looks qui en disent beaucoup sur notre personnalité !

PAR EXEMPLE...

POLO COL RELEVÉ

ÇA DIT DE TOI Tu aimes le rugby ou la bagarre (souvent les deux).

OU ALORS... Tu regardes le rugby à la télé et tu joues à *Street Fighter* en cachette.

DOUDOUNE FINE SANS MANCHES, CHEMISE OXFORD ET PANTALON CHINO À PINCES

ÇA DIT DE TOI Bon ben là, t'es agent immobilier dans le XVIe, le VIIe ou le XVIIe arrondissement (ou pire : à Bordeaux).

OU ALORS... T'es rentier et tu fais des tours de Smart Brabus dans Paris pour récupérer tes loyers.

CHEVEUX NOIRS, MANTEAU NOIR, BOOTS NOIRES, MAQUILLAGE NOIR

ÇA DIT DE TOI Bah déjà... t'aimes le noir ! Mais surtout, t'écoutes du death metal, tu bois du sang et tu dors debout dans un cercueil ! Tu n'es pas un vampire ! Reprends-toi !!!

Le conseil DE MAX

Venez à Paris pendant les soldes : la chute des prix est assez hallucinante – vous me direz... comme partout en France –, oui, mais vos marques préférées ne sont peut-être pas dans vos villes et villages, et sur Internet il est souvent difficile de se faire une idée ! Les soldes à Paris, c'est le paradis.

Mes adresses

Ben... comme tout le monde : H&M, Zara, Uniqlo.

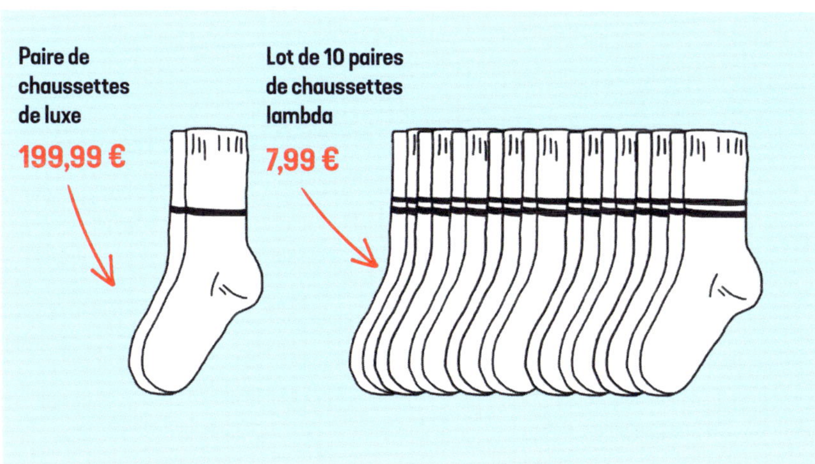

Les bons plans SHOPPING

ROXAN

41, rue des Martyrs, Paris 9e
01 48 74 48 46
Que du bon goût ! Tout n'est pas donné, mais vous trouverez aussi des articles abordables. J'adore l'ambiance, il y a même un salon pour prendre son temps, l'équipe est adorable, vous ressortirez avec un article, c'est sûr !

KILIWATCH

64, rue Tiquetonne, Paris 3e
01 42 21 17 37
La plus grande friperie de Panam ! Il y en a pour tous les goûts et c'est pas cher ! Une institution parisienne. Incontournable.

LE BON MARCHÉ

24, rue de Sèvres, Paris 7e

CENTRE COMMERCIAL

Multimarques
9, rue Madame, Paris 6e

LE PRINTEMPS

64, boulevard Haussmann, Paris 9e

JINJI

Boutique pour hommes
22, rue des Canettes, Paris 6e

Pour les filles, Paris regorge de boutiques « stock » essentiellement nichées dans le quartier du Marais ou à Étienne-Marcel.

STOCK SANDRO

26, rue de Sévigné, Paris 4e

STOCK ZADIG & VOLTAIRE

22, rue du Bourg-Tibourg, Paris 4e

STOCKS BASH

10, rue du Jour, Paris 1er

Rue de Marseille, dans le Xe arrondissement, vous trouverez les stocks Maje, Claudie Pierlot et Les Petites… J'dis ça, j'dis rien !

Ces boutiques vendent des articles des collections précédentes jusqu'à -70 %… Quand on connaît leur valeur sans remise, ça vaut vraiment le coup d'aller y jeter un œil !

Le conseil DE MAX

Messieurs, si vous venez à Paris en couple, procurez-vous des chaussures de randonnée, parce qu'une fille, à Paris, c'est plus du shopping qu'elle fait, c'est « Pékin Express » : elle va vouloir TOUT voir, aller PARTOUT et TOUT essayer.

Mais n'allez pas vous ruiner pour autant !

Vous trouverez votre bonheur chez Decathlon, Go Sport ou encore La Halle aux chaussures.

À VISITER

LES BOUTIQUES DU MARAIS (IVe ARRONDISSEMENT)

C'est le quartier des boutiques les plus pointues, mais aussi les plus tarées !

On y trouve de tout : du chapeau en papier d'aluminium aux tongs compensées en fourrure (si, si je vous jure).

C'est la foire à l'extravagance.

C'est marrant (très cher, mais marrant), la première fois que j'ai fait les boutiques ici, j'ai connu mon premier découvert – qui ne sera d'ailleurs pas le dernier… C'est un piège, il y aura forcément un truc qui va vous plaire…

LE MARCHÉ AUX PUCES DE SAINT-OUEN

Dans le nord de Paris, la ville de Saint-Ouen accueille le marché aux puces. Mondialement connu, cet endroit est le paradis des brocanteurs, des fringues vintage et des pickpockets. Alors, on garde son argent bien planqué !

Évitez aussi les stands collés au périph' et rentrez un peu plus dans les puces. J'aime bien les boutiques autour du marché Jules-Vallès où vous trouverez des fringues années 70-80 et des fripes militaires. Passez la passerelle et allez boire un thé ou un café au café La Crème, installé dans une ancienne maison du marché Paul-Bert. Vous m'en direz des nouvelles.

À ÉVITER

LA PLACE VENDÔME

À part pour visiter le quartier (du coup ce n'est pas totalement à éviter), parce que c'est joli. Les prix des joailliers, en revanche, ils ne sont pas jolis !

Rien à voir avec le « Manège à bijoux » de nos galeries marchandes ! Dans ces boutiques de luxe, vous ne trouverez rien, à moins de dépenser l'équivalent de la valeur d'un tracteur tondeuse autoportée ALPINA BLACK à éjection arrière, et encore... :

Mes conseils VESTIMENTAIRES pour survivre à Paris

Même si je n'ai pas à vous dire comment vous habiller... je vais au moins vous dire comment ne pas s'habiller.

À ÉVITER

LES ESPADRILLES

À l'entrée d'une boîte, dans un bus ou un taxi... déjà pour l'odeur, merci de respecter les autres un minimum.

LE MARCEL

À ne jamais porter SAUF si vous êtes coach sportif – ah pardon, ils disent « *personal trainer* » ici.

LES SANTIAGS

Sauf si vous êtes de la famille de Chuck Norris ou Steven Seagal. Et encore, famille proche, s'il vous plaît : un frère, une sœur, un fils ou une fille. Un cousin, ça passe pas.

LE PANTACOURT

Ça, c'est juste interdit... Et pas qu'à Paris : partout en France.

LE PARISIEN
par style

Pour moi, on peut classer les Parisiens en trois styles :

LE HIPSTER

LE BOBO

LE BUSINESSMAN

IL AIME L'ARTISANAT ET LA NATURE

LE HIPSTER

STARTER KIT DU HIPSTER

Chemise des bûcherons de l'extrême

Souliers de Christophe Maé

Bonnet de marin visiblement trop petit (taille 4 ans et demi)

Barbe un peu longue (mais toujours bien taillée)

Pull de marin (Il adore les marins, on dirait… Il adore surtout déguster des huîtres l'été, au Cap Ferret)

Vélo de Raymond Poulidor (sans les freins)

ÉTAT GÉNÉRAL

Chez nous, en province, y a que ça, des hipsters. On appelle ça un agriculteur !

Faussement négligé, il ressemble un peu aux hipsters originaux de Williamsburg, à New York (bon, j'ai cherché sur Wikipédia, car j'avoue, je ne suis jamais allé à New York).

IL SE DÉPLACE En « fixie ». C'est le vélo du Tour de France : seule différence, sur celui du hipster, il n'y a pas de freins. Oui, le HIPSTER est un peu con.

IL PEUT PORTER Un bleu de travail de garagiste ou d'ébéniste ou de menuisier. Mais lui, c'est pour aller boire un verre entre potes, il n'a jamais vu un atelier de sa vie.

IL BOIT UNIQUEMENT De la GINGER BEER ou de la bière BROOKLYN LAGER IPA.

Famille de hipsters.

IL N'A PAS LE TEMPS…

LE BUSINESSMAN

STARTER KIT DU BUSINESSMAN

La Minelli similir cuir vieillie à glands
(2 achetées 1 offerte)
Tu fais « zoom » avec le talon,
il s'arrache et tu finis en babouches !

Boutons de manchettes
en Inox de chez Armand Thiery
(Il te dira que ce sont des Hermès

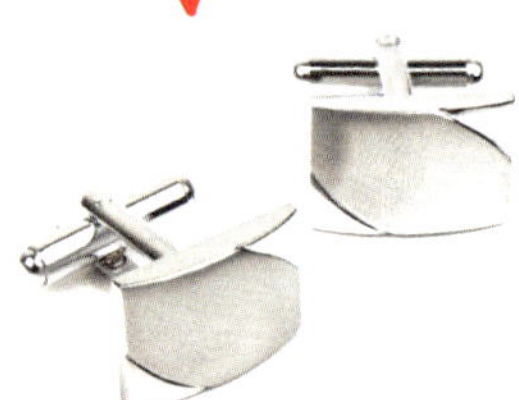

Cheveux de riche

Le cachemire col V
7 ans qu'il l'a! Il lui arrive au nombril,
du coup, il le met autour des épaules.

ÉTAT GÉNÉRAL

IL PEUT PORTER Une chemise en coton avec ses initiales brodées dessus.

IL BOIT UNIQUEMENT De la CHATELDON GAZEUSE ou un OLD FASHIONED.

La montre FOSSIL du Manège à bijoux. Toujours trop grosse : c'est plus une montre, c'est une boussole.

Cravate en soie ou en tricot... pour le côté décontracté

Manucure pédicure

IL RÊVE D'ÉLEVER DES CHÈVRES EN PLEIN PARIS ET DE FAIRE SON FROMAGE LUI-MÊME…

LE BOBO

STARTER KIT DU BOBO

Toujours un livre dans la poche (de préférence un recueil de poèmes)

Casquette de base-ball vissée sur la tête

Bar
de t
jour

Jean délavé (pas pour le style : il ne le lave pas ou très peu et le jean a toujours un trou au genou ou à la poche arrière)

ÉTAT GÉNÉRAL

IL A SOUVENT Les cheveux gras...

IL PEUT PORTER Des Stan Smith (il n'a jamais touché une raquette de tennis de sa vie).

IL BOIT UNIQUEMENT Du jus de bissap ou de l'eau de coco.

Doudoune fine sans manches d'agent immobilier Laforêt qu'il ne quitte jamais

Chaussettes de couleur ou à motifs offertes par maman

PÊCHE
CLUB
DE PARIS

LES LOISIRS

THÉÂTRES, PARCS, MUSÉES… HÉ OH, ON VA PEUT-ÊTRE FAIRE AUTRE CHOSE QUE PICOLER OU FAIRE DU SHOPPING À PARIS, NON ?!

Ici, je ne vais pas vous parler de Disneyland Paris (après, vous y allez si vous voulez, hein), parce que pour les loisirs, Paris intra-muros est à elle seule un vrai parc d'attractions ! Espaces verts, parcs, musées, manèges, théâtres… Que les activités soient gratuites ou payantes, il y en a pour tous les budgets et toutes les envies.

Suivez le guide (c'est une expression hein, le monsieur devant chez vous qui vous demande de le suivre, n'y allez pas, il travaille pas pour l'Office de tourisme) !

LES MONUMENTS

1. LA TOUR EIFFEL → Le monde entier la connaît ! Mon conseil : aux beaux jours, allez sur le Champ-de-Mars le soir, et asseyez-vous dans l'herbe pour la regarder scintiller.

2. LA MADELEINE → Oubliez les vannes sur les gâteaux.

3. LE PALAIS GARNIER → Pas de prince du tout.

4. LA STATUE DE LA LIBERTÉ → La même qu'à New York en format porte-clés.

5. LES INVALIDES → Monument en hommage à tous les titulaires de la carte Visa Electron qui affiche régulièrement « carte invalide ».

6. LA CATHÉDRALE NOTRE-DAME → Celle où un mec aurait pris une poutre en chêne de 1876 pour un cendrier.

7. L'ARC DE TRIOMPHE → Gros encadrement de porte sans porte.

8. LA BASILIQUE DU SACRÉ-CŒUR → Juste magnifique. De loin, on dirait le palais d'Aladin.

9. LA COLONNE VENDÔME → Monument à la gloire de Benjamin Griveaux (si vous lisez ce guide dans quelques années et que vous ne savez pas qui est cet homme, tapez son nom sur Google, vous verrez, c'est rigolo).

10. LE PANTHÉON → Non, ce n'est pas le premier album de Booba.

11. LA TOUR SAINT-JACQUES → Là où on cultive les coquilles.

12. LA CONCIERGERIE → Ce n'est pas le bureau de tous les concierges de France, calmez-vous.

13. LES CATACOMBES → Claustrophobes s'abstenir.

14. LE TROCADÉRO → Non, ce n'est pas le nouveau 4X4 de chez Dacia.

LES LOISIRS

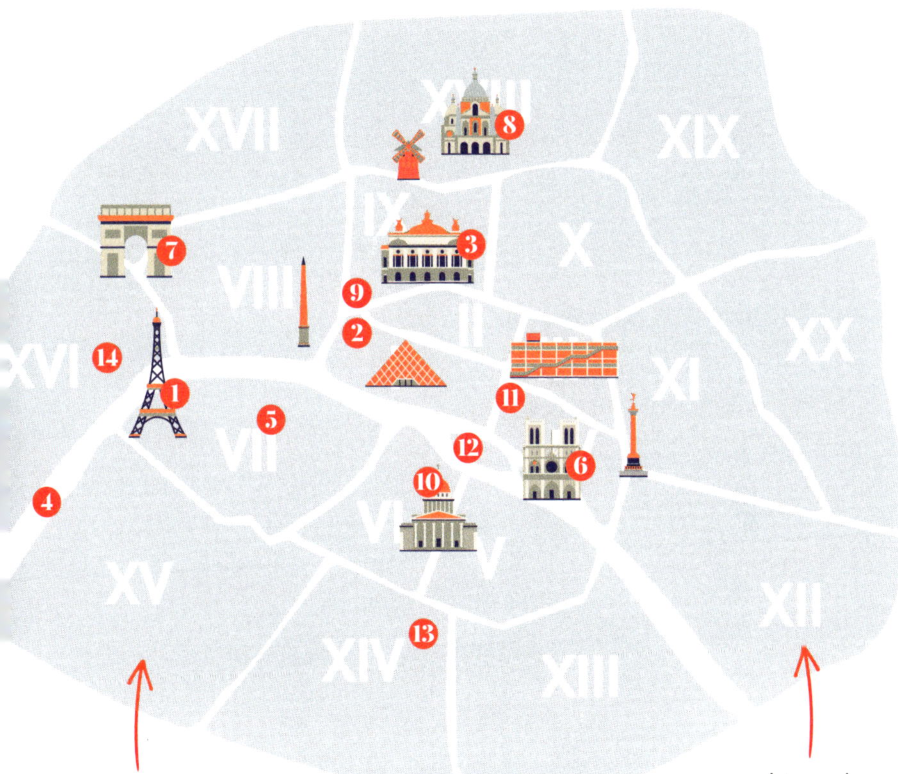

Ne cherchez pas ici.

Ici non plus.

LES PARCS & JARDINS

1. LE JARDIN DU LUXEMBOURG → Celui des amoureux : ah ben là, tu t'y balades célibataire, tu sors du parc, t'es dépressif ! De très très belles statues et fontaines, et sur les fauteuils, ça galoche sévère !

2. LE SQUARE DES BATIGNOLLES → Celui des couples bobos à poussette : ils ont des chaussures en chanvre, celles que quand tu les achètes, la marque plante un arbre.

3. LE PARC DES BUTTES-CHAUMONT → Celui des artistes, des poètes maudits. Vous trouverez aussi les rois de l'apéro souvent nichés au Pavillon Puebla, bar iconique et historique du parc, bons cocktails et super bonnes pizzas ! Ici aussi, vous ferez la queue, mais bon, contrairement aux musées, y a pas de coupe-file !

4. LE JARDIN DES PLANTES → Celui des touristes : vous avez le Muséum d'histoire naturelle, la ménagerie et la Grande Galerie de l'Évolution concentrés au même endroit ! D'après mes amis qui ont des enfants, c'est génial à faire en famille. Un parc où je vais souvent : très reposant et magnifique.

5. LE PARC MONCEAU → Celui des sportifs : attention, aux heures d'affluence, c'est un marathon ! Vous vous retrouverez cerné par 236 joggers. Et comme ce parc sublime n'est pas très grand, ils tournent tous en rond, on dirait une piste d'athlétisme pendant les Jeux olympiques !

6. LE PARC MONTSOURIS → Celui des familles : pour moi, l'un des plus beaux et des plus vastes parcs. Si vous êtes fan de pique-nique, vous êtes au bon endroit.

7. LE JARDIN DES TUILERIES → Celui des bons vivants : il y a toujours des foires, des marchés, des guinguettes... Idéal pour le goûter ou l'apéro !

8. LE PARC DE BAGATELLE → Celui des fêtards : essentiellement rempli la nuit, vous y trouverez des boîtes de nuit et soirées en plein air ! Très bon plan aux beaux jours : venez faire la fête dans ces deux lieux du parc : le Bagatelle Mansion et le Chalet des Îles.

9. LE BOIS DE BOULOGNE → Celui des « Ladies & Gentlemen » la nuit (tout le monde connaît sa réputation) : il reste un immense bois dans Paris même, où on peut pratiquer balades et sports en plein air. Vous avez aussi la possibilité de louer des barques pour naviguer sur le lac, pour un moment romantique assuré… Si vous voulez faire chavirer son cœur, c'est là que ça se passe et nulle part ailleurs !

10. LE BOIS DE VINCENNES → Celui des chevaux : vous y croiserez surtout des turfistes, des rois des courses et des fanatiques d'Omar Sharif… Allez parier à hauteur de 10 ou 20 € juste pour le fun ! Histoire vraie : je l'ai fait un jour et j'ai gagné 90 € !!! Bon, je dois dire que Bernard à l'accueil m'avait filé un tuyau de premier choix.

LES MUSÉES

1. LE MUSÉE DE L'HOMME → Il n'est pas réservé aux hommes et ce n'est pas non plus un musée consacré au sexe masculin.

2. LE MUSÉE DU LOUVRE → *La Joconde*, vous la verrez à 50 mètres de distance, oui parce qu'entre elle et vous, il y aura 170 touristes de dos en train de se prendre en selfie devant !

3. LE MUSÉE PICASSO → Bon déjà, pour les fans de bitume et d'habitacle Alcantara, on ne parle pas du monospace Citroën Picasso, il ne sera ni à l'accueil, ni à la vente... Moi le premier, j'y suis allé pour me trouver une paire de jantes alu en 16 pouces. Déçu, je n'ai vu que des portraits peints par des enfants de 12 ans. Ah ben si !! Quand tu mets un nez sur un front, c'est que t'as 12 ans ! Pour les fans du MAÎÎÎÎÎTRE Pablo Picasso, foncez.

4. LA FONDATION LOUIS VUITTON → Là non plus, si vous cherchez à vous procurer des sacs à main en destockage, vous n'êtes pas à la bonne adresse : vous n'aurez même pas un -20 % sur les porte-clés. Sérieusement, ce lieu tout neuf est magnifique et très moderne avec des expositions sublimes, conçu par l'architecte Frank Gehry. À VOIR ABSOLUMENT.

5. LE MUSÉE GRÉVIN → Pour une fois dans votre vie, vous pourrez passer la journée avec votre star préférée. Bon, elle ne bougera pas et puis elle ne parlera pas non plus, si vous aviez des questions à lui poser, ce n'est ni l'endroit ni le moment ! Pour faire languir vos potes qui regardent « The Voice », faites un selfie avec Nikos, franchement, on s'y croirait !

6. LE MUSÉE D'ORSAY → Inutile d'attendre le OUIGO Paris-Bordeaux de 15 h 02, il ne passera jamais !

C'est aussi l'un des plus grands musées de Paris : 138 mètres de long, 32 mètres de haut. À la mairie du VIIe, quand ils reçoivent la facture de chauffage, y a des pertes de connaissance.

7. LE MUSÉE MAILLOL → Une des plus belles collections de peinture à Paris, oui parce que je vous vois venir, c'est « Maillol » pas « Mayol » du *Grand Bleu*... Là, y a ni la Fiat 500 d'Enzo, ni ses palmes.

8. LE MUSÉE RODIN → Le musée pour admirer le travail du plus célèbre sculpteur, connu dans le monde entier pour son *Penseur*. Personnellement, monsieur Rodin, j'ai une question pour toi : qui pense dans cette position ? Moi par exemple, j'ai jamais pensé tout nu, sur un bloc de marbre, couilles à l'air, coude sur le genou, poing sous le menton. Moi, j'aurais appelé ça LE DÉPRESSIF EXHIB de Rodin !!

Musée magnifique à ciel ouvert pendant les beaux jours, romantique et bucolique. À faire.

MES LIEUX INSOLITES

Les passages ! Pour moi, ce sont des lieux marquants de l'esprit de Paris. Ces passages commerçants sont juste magnifiques, baignés d'une lumière incroyable due à leur architecture : tous possèdent un toit en verre reposant sur une structure d'arcades métalliques.

Les plus connus : le passage des Panoramas, le passage du Grand-Cerf, le passage Brady et le passage Choiseul. Vous y trouverez des antiquaires, plein de boutiques ainsi que des bars et des restaurants typiques !

CHASSE & PÊCHE À PARIS

Rien ne se chasse ici, ou alors les rats, mais c'est pas très passionnant en matière de pratique de la chasse. Si vous croisez une personne à Paris avec un fusil, ce sera forcément un gendarme ou un agent de la BAC. Et si vous croisez un individu en treillis camouflage, ce sera un HIPSTER ou un vendeur de chez Supreme. Si vous êtes un vrai chasseur, le plus proche de Paris, pour satisfaire votre passion, c'est la Sologne !

En revanche, à Paris, on peut pêcher ! Pour de vrai !! Bon après, les gars pêchent à l'aimant : les seuls trucs qu'ils remontent, ce sont des Caddie, des jantes ou des Vélib'. Et une jante en papillote, sauce au beurre citronné, même cuite au four et servie avec une écrasée de pommes de terre à la truffe, je ne suis pas sûr que ce soit super bon...

Plus sérieusement, vous êtes pêcheur et vous venez à Paris ? Eh bien, prenez quand même votre canne à pêche. Parce que, oui, vous allez rencontrer des collègues ! Ici, ils appellent ça le *street fishing*... Je vous l'ai dit, ça parle en anglais à Paris !

BRAVO ! Si tu es ici, c'est que tu as gagné. Voici ton lot : pour 1 place de mon spectacle achetée, tu recevras en échange 1 ticket pour mon spectacle... Allez, tu t'es fait avoir ! Tu n'as plus qu'à revenir à la page 56, et à reprendre ta lecture.

LES SPOTS DE PÊCHE

Ils sont essentiellement situés le long du canal Saint-Martin, à quelques endroits sur les quais de Seine, ainsi que dans les lacs des parcs parisiens.

CE QUE VOUS POURREZ TROUVER DANS LA SEINE

CE QUE VOUS NE TROUVEREZ JAMAIS DANS LA SEINE

Bref, globalement tout ce qui est censé se trouver dans l'eau !

Alors attention parce que, pour certains, la Seine est une poubelle. On a vu (et c'est une vraie info) des pêcheurs remonter des piranhas ou encore un python de 3 mètres de long et de 40 kilos. Si ça tire fort, mon conseil : relâchez doucement et partez en courant !

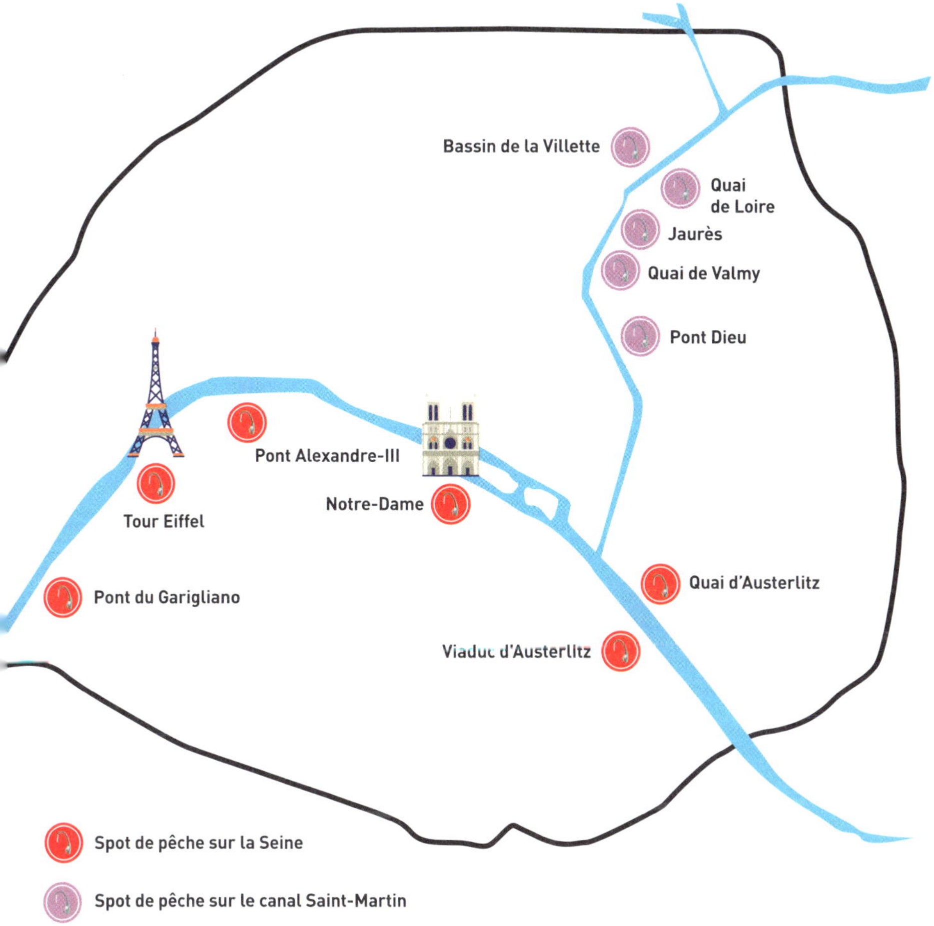
Bassin de la Villette
Quai de Loire
Jaurès
Quai de Valmy
Pont Dieu
Pont Alexandre-III
Tour Eiffel
Notre-Dame
Pont du Garigliano
Quai d'Austerlitz
Viaduc d'Austerlitz
Spot de pêche sur la Seine
Spot de pêche sur le canal Saint-Martin

En parlant de poissons, j'y pense...

...voici LES ANIMAUX QUE VOUS POURREZ CROISER À PARIS

LE RAT

Pour chaque Parisien, il y a 7 rats sous ses pieds.

Eh oui, je vous rappelle que le dessin animé le plus connu au monde qui se déroule à Paris a comme premier rôle... un rat ! À Paris, vous ne trouverez pas de rats qui cuisinent. Vous en trouverez dans certaines cuisines, là oui.

LE PIGEON

C'est un rat mais avec des ailes. Vous croiserez aussi d'autres « pigeons » : c'est nous, les provinciaux, quand on nous propose des caricatures de nous-mêmes (un dessin de notre visage avec un gros nez) à Montmartre pour 40 €, et qu'en plus on accepte.

LE CHEVAL

Alors, oui, vous en verrez quelques-uns, mais uniquement avec un gendarme assis dessus ! À Paris, les policiers et gendarmes sont à pied, en voiture, à scooter, en bateau sur la Seine, à VTT, en rollers... Si ça continue, bientôt on va avoir l'Armée de l'air en deltaplane au-dessus de la place de la Concorde.

Et ça, ce sont...

LES ANIMAUX QUE VOUS NE CROISEREZ JAMAIS À PARIS

BILLETTERIE
Nombre de PLACES
1 Personne
Seulement
Ne pas déposer S.V.P.

SORTIR À PARIS

Paris est la ville la plus fournie en ce qui concerne les spectacles : one-man-show, concerts, comédies musicales, pièces de théâtre, cirques, revues, cabarets... tout y est !

il y a 3 « Kiosques » Théâtre à Paris... Madeleine, Montparnasse, et Ternes qui proposent chaque jour des places à prix méga réduits pour des spectacles qui se jouent le soir même !

LES MICRO-THÉÂTRES

Bon là, le principe, c'est de découvrir des artistes qui commencent leur carrière, ces salles sont très petites. Pour vous donner une idée, tout est au même endroit : le guichet, la régie, les fauteuils, l'artiste et les toilettes.

Le plus souvent, vous trouverez une barre de pole dance au milieu de la scène.

Ce sont des salles très intimistes avec 40 places maximum, mais vous y découvrirez peut-être la star de demain !

Les adresses DE MICRO-THÉÂTRES

THÉÂTRE LE BOUT
6, rue Frochot, Paris 9e
01 42 85 11 88
www.lebout.com

LE LIEU
41, rue de Trévise, Paris 9e
01 47 70 09 69

LA LOGE
77, rue de Charonne, Paris 11e
01 40 09 70 40
www.lalogeparis.fr

THÉÂTRE LA CIBLE
62 bis, rue Jean-Baptiste-Pigalle, Paris 9e
09 81 39 30 25
www.theatrelacible.fr

LES CABARETS

Si vous aimez les nichons, les paillettes, les plumes et les poneys, et si en plus de tout ça, vous aimez profondément payer 90 € pour une coupe de mousseux, vous êtes au bon endroit !

Plus sérieusement, vous y trouverez des revues hors du commun dans la plus pure tradition du cabaret à la française. Très sympa pour une soirée en amoureux.

Les adresses DE CABARETS

LIDO
116, avenue des Champs-Élysées, Paris 8e
01 40 76 56 10
www.lido.fr

LE MOULIN-ROUGE
82,boulevard de Clichy, Paris 18e
01 53 09 82 82
www.moulinrouge.fr

LE CRAZY HORSE
12, avenue George-V, Paris 8e
01 47 23 32 32
www.crazyhorseparis.com

Mes THÉÂTRES préférés

Paris regorge de théâtres, avec des spectacles pour tous les budgets. Ne quittez pas la capitale sans y être allé ! Voici quelques-uns des plus beaux théâtres de la ville.

1. **CASINO DE PARIS** → Alors les machines à sous, vous oubliez, tout comme le blackjack, le craps ou la roulette.

2. **LES FOLIES BERGÈRE** → Théâtre possédant le hall le plus majestueux de Paris. Après, les spectacles les plus récurrents là-bas, c'est *T'choupi* ou *L'Âne Trotro*.

3. **THÉÂTRE DE L'ATELIER** → Ne garez pas le Scénic pour faire la vidange, là, le gars avec la salopette bleu dur, les mains noires et le torchon sur l'épaule, vous le trouverez pas. C'est un théâtre, pas un garage.

4. **LA NOUVELLE ÈVE** → « Ève lève-toi et danse avec la vie ! » Ancien théâtre de revue, il accueille aujourd'hui tout type de représentation, du one-man-show au spectacle de magie.

5. **THÉÂTRE ÉDOUARD-VII** → Vous aimez Arditi ou Berléand ? Vous êtes au bon endroit ! La majorité des pièces du metteur en scène Bernard Murat se jouent là-bas. Et faites pas genre « Je connais Édouard » à l'entrée, le patron s'appelle Pascal.

6. **L'OLYMPIA**→ BON ben là, je crois qu'il n'y a rien à dire de plus : tout est dans le nom. Pour y avoir joué (eh ouais, je vous l'cache paaaas), je vous le dis : Gainsbourg est encore dans les murs. Le lieu est réellement chargé d'histoire.

7. **THÉÂTRE DE LA TOUR EIFFEL** → Vous y retrouverez un artiste sensible, beau, bourré de talent, jouant le spectacle le plus drôle de Paris, que dis-je de France, d'Europe et très probablement du monde ! Maxime Gasteuil, dans « Arrive en ville ». Oui, j'adore ce théâtre et j'y joue en ce moment. Bon, si vous avez acheté ce livre après décembre 2022, renseignez-vous avant de m'attendre à l'entrée des artistes, je n'y serai peut-être plus !

   Pour la localisation, non, la salle n'est pas au deuxième étage de la tour, mais vous aurez une vue imprenable sur celle-ci. C'est déjà ça.

8. **PARIS LA DÉFENSE ARENA** → Avec des shows extraordinaires, cette « salle » peut accueillir jusqu'à 45 000 personnes. Vous vous rendez compte ??? À titre d'exemple, vous voyez la population de Bayonne ? Ben, vous la mettez tout entière dedans. Elle sert aussi de terrain de rugby pour le TOP 14, et les amoureux de l'ovalie pourront se régaler en allant regarder jouer le Racing 92 ; elle est couverte, c'est une expérience assez originale. Elle est tellement grande qu'elle sert également de piste d'atterrissage et de circuit de rallye.

8
XVII
XVIII
XIX
3
1
4
5
2
6
VIII
X
II
XVI
I
XI
XX
7
VII
VI
V
XV
XII
XIV
XIII

AVANT DE VOUS QUITTER...

Et voilà, il est temps de quitter Paris pour retrouver votre ville, village, bourg, lieu-dit... bivouac en forêt.

J'espère que votre séjour s'est bien passé, que vous soyez venu pour un week-end, les vacances ou juste le temps de lire ce guide depuis votre canapé, et que je vous ai aidé à vous orienter un peu mieux dans cette incroyable ville.

Si vous ne deviez retenir qu'une seule chose de ce livre, ce serait évidemment que nous sommes tous les mêmes, que l'on soit parisien ou que l'on vienne d'ailleurs en France : à Paris, nous sommes tous égaux devant les crottes de pigeons sur les selles de scooter.

Si vous n'avez jamais visité la capitale, allez-y ! Vous verrez, je me moque des Parisiens, mais en réalité ce sont des gens extraordinaires. (Sauf un ou deux mais je ne veux pas les nommer parce qu'on va encore dire que je suis méchant avec mes coauteurs.)

Et toi, oui toi, le Parisien de souche, toi qui es VRAIMENT né à Paris... et qui veux te rendre bientôt « en province » comme tu aimes le dire... Attends un peu... attends juste que je termine mon *Guide du Parisien en province*. Je l'écris juste pour toi.

À « bientôt » (jargon de ville), à « tantôt » (jargon de campagne), à « biencho » (jargon d'alcoolique), *see you soon broooo* (jargon de Parisien).

Je vous aime (jargon de Gasteuil).

MERCI !

Je voudrais avant tout remercier Jean-Claude Van Damme pour son grand écart entre deux semi-remorques de 35 tonnes, et Bruce Willis pour *Die Hard 4*.

Je remercie la météo qui m'a permis d'arriver vraiment trempé à TOUS mes rendez-vous chez mon éditeur Michel Lafon, un plaisir de manger de la grêle en juillet à 50 km/h sur un scooter Honda 125cc. Merci à Marion, mon éditrice qui, quand je lui ai dit ce que j'imaginais pour ce livre la première fois que je l'ai rencontrée, aurait dû appeler les urgences psychiatriques mais m'a dit : « Super ! Vas-y ! »

Je voudrais aussi remercier, évidemment, Cuisinella la-la-la-la et les produits laitiers qui sont nos amis pour la vie.

Plus sérieusement, je veux remercier mes amis, associés et partenaires de toujours, en commençant par mon coauteur et metteur en scène au théâtre Édouard Pluvieux, avec sa vision artistique, qui m'accompagne dans toutes mes folies. Mon producteur-manager-coauteur-chauffeur-psychologue-ébéniste Benjamin Demay, qui possède toujours ce coup d'avance et avec qui j'ai commencé dans des salles vides.

Merci à Magali Faure qui veille sur ma carrière et à Audrey, notre maman à tous. Ce livre est le fruit de notre travail d'équipe, c'est une belle histoire et j'en suis fier.

Je voudrais, pour terminer, remercier Philippine qui partage mon quotidien et qui me voit souvent dans la lune à penser à la suite, merci aussi à ma sœur qui me supporte depuis toujours et qui sera là encore et toujours pour moi, à mon père pour sa patience lors de... bah, lors de toute ma vie ! Merci à ma mère d'avoir calmé mon père avant qu'il ne prenne son utilitaire Vito pour me rouler dessus durant mon adolescence. Merci à ma famille pour son amour ; c'est un peu bateau, je sais, mais sans son soutien, je n'aurais pas pu réaliser le dixième de mes rêves, et aucune ligne de ce livre n'aurait pu être écrite.

Merci à tous mes partenaires officiels : Cochonou – « Motus » – Leroy Merlin – les plate-formes Dhollandia – Goodyear – Éléphant bleu – Feu vert...

Crédits

Photographies

Shutterstock.com
Page 22 : © Lipskiy / © VanderWolf Images ; Page 24 : © sveticluka
Page 34 : © diy13 ; Pages 42/43 : © Vinne / © Chubarov Alexandr /
© Veniamin Kraskov / © Macrovector / © studiovin / © Patchra Suttivirat /
© Susan Schmitz / © Bohbeh
Page 44 : © vuvu / © Bohbeh / © Becky Wright Photography
Page 45 : © Baloncici / © Jodie Johnson
Page 55 : © fotoliza ; Pages 56-57 : © Digital Storm
Page 84 : © Igor Stramyk ; Page 88 : © Lipskiy
Page 101 : © Chursina Viktoriia
Page 104 : © zhekoss / © FlipWerk / © Reid Dalland / © Sahara Prince
Pages 108-109 : © san4ezz / © Bonninstudio / © Ovi M / ©Robert Kneschke ;
Pages 112-113 : © Viorel Sima / © Andrew Makedonski / © DJ Srki /
© goodluz / © Claudia K ; Pages 116-117 : © panic_attack / © Laborant / © krolya25 /
© nito ; Page 126 : © isaxar ; Page 130 : © photolinc / © photomaster
Page 131 : © DnD-Production.com / © Oleksandr Lytvynenko / © Eric Isselee /
© Grimplet / © Eric Isselee / © Eric Isselee

Istock.com
Page 40 : © gemenacom / Page 41 : © YaroslavKryuchka
Page 63 : © Musat ; Page 72 : © michaeljung ; Page 86 : © dusanpetkovic
Page 103 : © Charles Brutlag

Pages 17, 23, 126 : © Maxime Gasteuil
Pages 20, 21, 30, 46, 94 : © Benjamin Demay
Pages 31, 47, 93, 95 : © Édouard Pluvieux
Page 59 : © Les Piaules ; Page 64 : © Camping de Paris

L'éditeur remercie le Camping de Paris et Les Piaules,
qui ont gracieusement envoyé une photo de leur lieu
pour les besoins du livre.

Pictos
Emoticones : Shutterstock.com
© Macrovector / © Cosmic_Design / © abeadev
Monuments : Shutterstock.com
© Antikwar
Plan Paris et métro : Shutterstock.com
© abeadev / © Rainer Lesniewski / Page 35 : © 09910190

Écriture des textes
Maxime Gasteuil, Benjamin Demay, Édouard Pluvieux

Direction d'ouvrage
Marion Salort, Margaux Russo, Clément Lafon

Création graphique, illustrations, réalisation
Véronique Figuière

Relecture et correction
Jeanne François

Fabrication
Christian Toanen, Nikola Savic

Achevé d'imprimer en France
par Corlet Imprimeur, 14110 Condé-en-Normandie, en août 2020
Dépôt légal : octobre 2020
ISBN : 978-2-7499-4277-3
N° d'impression : 20070265
LAF : 2894